長編小説

ゆうわく探検隊

橘 真児

竹書房文庫

目次

第一章　童貞は女体の神秘を見た　5
第二章　秘境にエロ河童は実在した　67
第三章　女人の島の謎を追え　131
第四章　淫らな洞窟を進め　190
第五章　双頭の蛇が女を濡らす　244

※この作品は竹書房文庫のために
書き下ろされたものです。

第一章 童貞は女体の神秘を見た

1

その日、トングテレビ第二制作局の会議室に集った面々は、ヒロインたる河口浩美の決意表明、というか、演説を聞かされることとなった。

「とにかくわたしは、この番組に賭けています。アナウンサーとして放送業界に入って七年目、ここで成果を上げないことには、今後の飛躍は望めないでしょう。聞けば、トングテレビさんも開局七年目とのこと。奇しくもわたしと同じということで、運命的なものも感じています。だからこそ、本来のアナウンサー畑とは異なるこの仕事も、引き受ける気になったのです」

そこにいる一同は、もっともらしい顔つきでうんうんとうなずいていたものの、彼女の言葉に感銘を受けている者は誰ひとりいなかったであろう。話半分というか、番組の主役となる彼女の顔を立てていたのである。

ここに勤めてまだ二年目、弱冠二十三歳とキャリアの浅いＡＤ（アシスタントディレクター）の北田雅彦も、例外ではなかった。企画そのものに魅力を感じていなかったためもある。浩美が意気込みを示せば示すほど、（本気でやるつもりなのかよ）という思いを嚙み締めることとなった。

もっとも、全国区で名前の知られた有名人を前にするのは初めてだったから、いささか舞いあがっていたのは否めない。

（おれ、河口さんといっしょに仕事ができるまでになったんだなあ……）

と、いっぱしの業界人になった気すらしていた。

彼女――河口浩美は、もともと在京の民放で人気を博した女性アナウンサーである。女子アナの登竜門として有名なミス○○大学出身ということもあり、入社した当初から愛くるしい容貌で注目されていた。

そのため、一年目から早朝の情報番組に出演し、彼女の笑顔を見ないと一日が始まらないと、世の男性サラリーマンたちの称賛を浴びるまでになったのだ。

そんな若き女子アナの人気を不動のものにしたのは、深夜のバラエティー番組であった。

番組内容そのものは、月替わりで出演するお笑い芸人と、都内のあちこちを散策するというありきたりな企画だ。ただ、ずっと変わらず出演するのは浩美だけで、そういう意味では彼女の冠（かんむり）番組と見なしてもいいだろう。

実際、この番組の見所は、クセのある芸人たちの猥雑（わいざつ）なトークや無茶ブリに、浩美がどのように対処するのかというところにあった。

ほとんどは冷静に受け流すか、あるいは無視をする。だが、ときに意外なところで過剰なノリを見せたり、女子アナらしからぬ大胆な発言をしたりと、芸人を煙に巻く場合もあった。

そういう機転が利くところが、報道番組の女子アナ以上に知性的だと評判になり、視聴率も好調だった。深夜番組にもかかわらず、十パーセント近い数字を取ることもたびたびだったのだ。

浩美は早朝の情報番組にも出続けていたから、夜にそのバラエティー番組を見てからベッドに入り、翌朝も彼女の笑顔を見られる日は、一週間でもっとも夢見がいいと言われた。また、女子アナのランキングでも常にベストテンに入るなど、その人気はあらゆる年代に浸透していた。

そうやって、局アナとして順風満帆で進んできた四年目、浩美は勝負に出た。深夜のバラエティーが満を持してゴールデン枠に進出するのを前に、退社してフリーになったのである。

フリーになれば、早朝の情報番組は卒業である。その番組の出演者は局アナに限られていたからだ。そうなると、レギュラーはゴールデンに進出したバラエティー番組のみとなってしまうが、他局からの出演依頼があるものと踏んでいたのだろう。あるいは、事前に口約束などあったから、フリーになる決心をしたのかもしれない。

ともあれ、彼女にとって誤算だったのが、くだんの番組が深夜ではあれだけの人気を誇っていたにもかかわらず、ゴールデン枠ではさっぱり奮わなかったことだ。視聴率は深夜時代を大きく下回り、同時間帯では他局と常に最下位争いをするという有様だった。

そもそも、芸人と若手女子アナの組み合わせが人気を博したのは、深夜枠だからこそ可能だったギリギリのトークや、セクハラまがいの無茶ブリが面白かったからである。ゴールデン枠ではそういった危なさが出せず、これでは魅力が半減どころか、二割もなかったであろう。

また、浩美の初々(ういうい)しさがなくなっていたことも、人気凋落(ちょうらく)に拍車をかけた。本人が醸し出す雰囲気のみならず、フリーになったことで、したたかな性格であると評価されてしまったためもある。

　かくして、深夜時代のファンはたちまち離れ、新たなファンを獲得することもできず、番組は半年も持たず打ち切りとなった。

　フリーになって間もなく、浩美は他局のお堅い報道番組にキャスターとして招かれた。知的なところを世に知らしめたいという本人の意向もあったらしい。

　だが、もともとタレントまがいの女子アナだったのである。いくら真面目な顔でニュースを読んでも、説得力が今ひとつであった。お笑い芸人相手には働いた機転も、時事問題に関しては空回りの感が否めない。さほど評判にもならず、約一年で降板となった。

　そのころには、女子アナのランキングに名前が載ることもなくなった。

　結果的には、フリーになったのは失敗か、好意的に見ても時期尚早だったと言えよう。本人が己の人気や実力を過信したのか、はたまた誰かに焚きつけられたのかはわからないが。

　ともあれ、それ以後、河口浩美の姿は全国放送から消えた。引退こそしなかったものの、関東のローカル局や衛星放送などで、細々とアナウンサーの仕事を続けていたようだ。

そんな状況に、誰よりも我慢ならなかったのは、彼女自身であったろう。三十路を前にした二十九歳で、またも勝負に出たのである。企画そのものは局側から出されたものであったが、まさかこんな番組にというものに出演を快諾したのだ。

それがトングテレビのオリジナル番組、「われらスペシャル探検隊（仮）」である。

ちなみにトングテレビとは、埼玉に本社のあるCS放送局だ。視聴者の心をがっちり摑みたいという願いを込め、「トング」と名付けられたという。

もっとも、主な番組ラインナップは、麻雀やパチンコといったギャンブル関連や、任侠ものやお色気系のVシネマ、グラビアアイドルやセクシー女優のイメージビデオなど。視聴する層はかなり限られていた。契約者も微減の傾向にあり、このままではジリ貧の可能性もある。

そして、開局七年目を迎えたトングテレビも浩美と同じく、新たな路線を模索し始めたのだ。

とは言え、それで立ち上げた企画が探検隊ものとは。昔あった番組の焼き直しであることが見え見えである。浩美に声をかけたのも、有名な隊長と名前が似ているからではないのか。そんなものに頼らなければならないこのテレビ局が、今後もちゃんとやっていけるのかどうか、一抹の不安を拭い去れない。

新人同然で、雑用ばかりの雅彦ですら、そんなふうに感じた。テレビマンに憧れて業界入りしたのに、早くも崖っぷちに立たされた気にすらなっていた。

（こんなことなら、他の局に入社したほうがよかったかも……）

今さら遅い後悔にも苛まれる。しかしながら、在京の大手や関東のローカル局など、採用試験を受けたところから悉く不採用の通知を受け取り、最後の最後でこのトングテレビに拾われたのだ。偉そうなことを言える立場ではない。自分こそ、いつクビを言い渡されるのかもわからないのだから。

ここはどんな企画だろうが成功させ、番組やトングテレビの名前を世に知らしめなければならない。

（うん。頑張らなくっちゃ）

決意を新たにしたところで、浩美の所信表明が終わった。一同がパチパチと拍手をすると、彼女がうやうやしく頭を下げる。

（でも、本当に綺麗なひとだな……）

新人時代の愛くるしい美貌は、今やあでやかな花のように咲き誇っていた。まさに大輪の薔薇という趣。女性として成熟したことで、全身から色気が匂い立つようでれた。

ある。淡い水色の、おとなしいデザインのワンピース姿でも、華があると感じさせら

席に着いた美人アナを、雅彦がぼんやり見とれていると、

「それでは改めまして、この番組に携わる面々の紹介に移ります」

プロデューサーがあとを継ぎ、スタッフや出演者を紹介する。

会議室に集った探検隊のメンバーは、隊長の河口浩美と、グラビアアイドルの小日向奈緒子。以上二名。同行するスタッフは、ディレクター兼音声の村藤と、カメラマン兼照明の漆水、あとはADの雅彦に、スタイリスト兼メイクの女性がひとり。

予算が著しく限られているものだから、最小限の人数である。他に、探検に同行はしないものの、構成を手がける作家や、編集など撮影後の仕事を請け負う技術スタッフもいる。

会議机を囲むそれら面々の紹介が終わったところで、「ちょっといいですか」と手を挙げた者がいた。浩美だ。

「提案なんですけど、曲がりなりにも探検隊である以上、危険は付きものだと思うんです。ですから、同行スタッフは最小限が望ましいのではないでしょうか？」

「ええと、いちおう最小限にしたつもりなんですけど」

プロデューサーが遠慮がちに言う。四十代後半の彼は、会議室にいるメンバーの中では最年長なのだが、やはり主役の浩美には下手に出ざるを得ないようだ。

「でも、探検に行くのに、メイクさんは必要でしょうか。それこそ、どれほどの艱難辛苦が待ち受けているのかわからないのに、わたしたちがメイクをばっちり決めていたら、視聴者は違和感を覚えると思うんです。わたしは、是非ともリアルな番組にしたいと考えていますので、メイクさんに同行していただきたくはありません。それに、スタッフの女性を危険な目に遭わせるわけにもいきませんから」

この発言に、プロデューサーは《なるほど》という顔でうなずいたものの、内心では困惑していたに違いなかった。だいたい、探検隊なんていうのは名ばかりで、危険を顧みずに人跡未踏の地へ挑むわけではないのだから。

事実、雅彦もディレクターの村藤から、

『まあ、それっぽいところに行って適当なモノを見つけて、あとは大袈裟な音楽とナレーションで誤魔化すってわけ。昔の番組のパロディだと思ってればいいさ』

と、やる気のなさそうな口調で言われていたのである。

「あ、もちろん衣装のほうは用意していただきますけど、メイクに関してはわたしたちで何とかします。見栄えが悪くならない程度には整えますから。小日向さんも、それでいいわよね?」

話を振られた奈緒子は、「はい、かまいません」とすまし顔で返答した。主役はあくまでも浩美だから、あまり出しゃばらないようにしているのか。

(小日向さんも、この番組を足掛かりにしようとしているのかも)

だから従順なのかもしれないと、雅彦は考えた。

小日向奈緒子は二十五歳。十代半ばでグラビアアイドルとしてデビューし、キャリアは十年近いと聞いている。

ただ、媒体への露出は、決して多いとは言えない。出るところの出た豊満なボディは、なるほどグラビア映えがするものの、顔立ちがどちらかというと地味なせいもあるのではないか。特に最近では若手に押され、本来のグラビアの仕事が激減しているそうだ。

しかし、捨てる神あれば拾う神あり。奈緒子はVシネマに多数出演している。それも、決まって殺され役で。だいたいは肌や下着をあらわにして、セクシーな格好で切られたり刺されたり撃たれたりするのである。

彼女は長時間ピクリとも動かずじっとしていることができるため、重宝されているようだ。加えて、顔が印象に残らずボディが映えるということで、死体役にはうってつけということらしい。

　奈緒子がこの番組に抜擢されたのも、死に様の素晴らしさに感動したディレクターが推薦したということだ。当初は、探検隊が危機に直面し、何人か死ぬという物騒な案があったそうだから、そのときのためにと考えてなのだろう。

　バイオレンスな展開が没になったあとも、奈緒子の出演が取りやめにならなかったのは、浩美とのバランスを考慮してだと聞いている。あまり美人だと主役の浩美がかすむため、彼女ぐらいがちょうどいいと判断されたようだ。

　そのあたりの経緯は、すべて奈緒子に伝えられているとのこと。それでも気分を害することなく受け入れたのは、芸能界に残るためなら何でもやるという意識の表れではないか。

　もっとも、本人にはそれほどガツガツしている感じはない。雅彦はこれ以前に行われた打ち合わせでも彼女と会っているが、明るくて気さくな女性だった。片八重歯(かたやえば)がこぼれる笑顔がチャーミングで、Ｖシネマで見た血まみれの死体役と同一人物とは、とても信じられなかった。

（案外、人柄でスタッフに愛されているのかもしれない）

　だから引退することなく、この世界に残っているのではないか。今もおとなしくちょこんと坐っている奈緒子を見て、雅彦はふと思った。

「あー、では、探検に同行するスタッフから、メイクさんははずします。それでいいですね？」

プロデューサーが了解を求め、一同がうなずく。ひとり分の旅費が節約できるのだから、誰も不満はないだろう。

「あと、探検隊のユニフォームなんですけど」

浩美がテーブルに置かれた、淡いカーキ色の衣装を手に取る。それはコントなどで目にするような、いかにもという探検服であった。

「わたしはこれでかまわないんですけど、小日向さんはこのままだと魅力が半減すると思うんです。グラビアで活躍されているナイスバディを前面に出したほうが、視聴者も喜ぶはずです」

「あー、ということは？」

プロデューサーが首をかしげると、浩美はスタイリストの女性に「鋏（はさみ）を貸していただけますか？」と頼んだ。そして、銀色に輝く刃物を受け取ると、探検服のズボンを膝の上あたりのところでジャキジャキと切ったのである。

「これを穿（は）いてみてもらえます？」

浩美から手渡されたものを、奈緒子は「はい」と受け取った。スカートを穿いたまま、その場で脚を通して腰まで引っ張りあげる。

「スカートを脱いでくださいな。あと、ズボンの裾を太腿の付け根まで折り返して」

「わかりました」

「あと、上着ですけど、下はタンクトップ？　じゃあ、その上に羽織って、裾を前で結んでください」

言われたとおりにしたグラビアアイドルが、着替えた姿を一同に見せる。

「おおー」

感心した声が、会議室に響いた。

まず目を惹かれるのが、むちむちの太腿だ。短く切って裾を折ったため、ズボンはほとんどホットパンツみたいになったから、色白の美脚が完全に露出していたのである。

さらに、大きく盛りあがったタンクトップの胸元も、上着を裾で結んだだけでほぼ全開だから、両サイドが申し訳程度に隠れているのみ。おしりみたいにくっきりと割れた谷間が、セクシーなことこの上ない。

「こうすれば、ずっと魅力的でしょう？」

浩美の言葉に、特に男性陣は大きくうなずいた。

「小日向さんはどうかしら？」

「はい。あたしもこのほうが動きやすいから、是非これで行きたいです」

奈緒子がニコニコして同意する。より目立てるわけだから、彼女としても御の字だろう。

「心配なのは、山や森に入ったときの虫刺されとかですけど、それは虫除けのスプレーで対処してもらうしかないわね。あと、草にかぶれたり、木の枝で引っ掻いたりしないように、くれぐれも注意してくださいね」

細かなところまで気にかける浩美に、雅彦は感心することしきりだった。

（へえ。他の出演者のことも、ちゃんと考えているんだな）

自分だけが目立てばいいと思っているわけではないらしい。まあ、単に視聴率が上がることを目論んでいるのかもしれないし、奈緒子をイロモノ的に扱っているだけという可能性もあるのだが。

浩美の発案で、この企画はひょっとしたら大化けするかもしれないぞと、みんなが手応えを感じ始めていた。そうなると、あとはすべて彼女の言いなりである。

「それから、探検隊のメンバーを増やしたいんですけど。わたしと小日向さんのふたりでは心もとないですし。ただ、予算の都合もあるでしょうから、新たにひとを探すのではなく、スタッフの方に兼任してもらいたいんです」

「ああ、そういうことでしたらかまわないでしょう。なあ、どうだ？」

プロデューサーに同意を求められ、ディレクターの村藤もうなずいた。

「そうですね。被写体はふたりよりも、三人いたほうが探検隊としての見栄えもするでしょうから」

「賛成していただけて何よりです。では、北田さんでしたっけ？　よろしくお願いしますね」

「え、お、おれですか!?」

浩美に笑顔を向けられ、雅彦は思わず椅子から立ちあがった。

2

会議が終わったあと、帰り支度をする浩美に、雅彦は怖ず怖ずと声をかけた。

「あ、あの、すみません。ちょっとよろしいですか？」

「あら、なんでしょう？」

こちらに向き直った彼女が、怪訝な面持ちで首をかしげる。

さすが、女子アナとして一世を風靡しただけある。目の前にすると、神々しいまでのオーラを感じる。若造で経験の浅い雅彦は、気圧されて顔が強ばった。

自分なんかに、天下の河口浩美様と言葉を交わす資格などあるのだろうか。卑屈な物思いにも囚われたが、どうあっても確認しなければならないことがあった。

「えと、先ほどの会議の件で、お伺いしたいことがあるんですけど」

簡単に用件を述べると、すべてを理解したふうに彼女がうなずく。それから、戸口にいたプロデューサーに、

「すみません。この部屋、もう少しお借りしてもいいですか？」

と、了解を求めた。

「ああ、はい。かまいませんよ」

そうして、浩美と雅彦だけがその場に残った。

「それで、いったい何を訊きたいのかしら？」

ふたりっきりになった途端、主役の女子アナが尊大な態度を示したものだから、雅彦は戸惑った。

会議中の彼女は、発言こそ多かったが、決して自己中心的に振る舞っていたわけで

はない。常に他のスタッフや出演者の了解を求めるという姿勢を崩さなかった。

ところが、雅彦のことは、明らかに下に見ているふうなのである。だからこそ、あんな提案をしたのだろう。

（そりゃ、たしかにおれが、いちばん下っ端だけど……）

落ち込みそうになる気持ちをどうにか奮い立たせ、疑問を口にする。

「ええと、おれがＡＤ兼探検隊のメンバーっていうことで決まったんですけど、いったいどんなことをすればいいんでしょうか？」

浩美の提案がそのまま通ったものの、具体的にどんなことをするのか、会議では話が出なかったのだ。そのあとは第一回目の探検先を決めることになり、いくつか候補があった中から、これも彼女の鶴の一声で、とある村の河童伝説を探ることになった。

初回はとにかく視聴者の関心を惹くものというのが、選ばれた理由である。

だが、行き先や企画内容よりも、雅彦は自身の役割が気になった。探検隊の一員となれば、画面に映らねばならないからだ。

べつにテレビに出たくて、この業界に入ったわけではない。やりたかったのは番組の企画製作であり、基本的には裏方の仕事だ。まあ、有名なディレクターになって、番組製作のノウハウについて各種のメディアから取材をされたいなんてことは、何度も夢想したけれど。

しかし、ペーペーのADである今は、正直どこにも取り上げてもらいたくなかった。何の実績もないのに顔を知られても、ただみっともないだけだ。

そういう思いから、浩美に抜擢した意図を確認したかったのである。ところが、彼女の返答は、雅彦を暗澹たる気分にさせた。

「基本はADと同じよ。要は雑用っていうか、家来みたいなものね」

「家来って……」

「探検隊のメインは、あくまでもわたしと小日向さんなの。あなたはわたしたちの下で、ひたすら命令どおりに動けばいいのよ。絶対服従で、どんな過酷なことでもしなくちゃいけないの。要はイジられ役ってこと。視聴者はあなたの情けないところや、間抜けっぷりを見て喜ぶってわけね」

それでは家来どころか、ほとんど奴隷ではないか。おまけに笑われるだなんて、道化よりも酷い。

たしかに普段も、雅彦はディレクターやベテランのスタッフからあれこれ命じられ、ときには怒鳴りつけられ、コマネズミみたいに走り回っている。要はそれと同じことを、カメラの前でしなければならないというのか。それも、年上とは言え女性たちにこき使われて。

（そんなみっともないところ、誰にも見られたくないよっ！）

万が一、知り合いにでも見られたら一大事である。あることないこと言いふらされ、情けないやつだというレッテルをべたべたと貼られるに違いない。そうでなくても、生来の気弱さが災いして、馬鹿にされがちだというのに。

ここはどうあっても、浩美に考え直してもらうしかない。最悪、探検隊のメンバーになることは避けられないとしても、せめて人間らしく扱うとか、そうでないなら覆面を許すとか、改善を要求すべきだ。

とは言え、下っ端の分際で強く出られるはずもない。雅彦は遠慮がちに申し出た。

「あの……意向は充分に理解できたんですけど、それだとおれの立場がありませんので、善処していただけると有り難いんですが」

かなり下手に出たつもりであった。ところが、扱いをマシにすることはもちろん、覆面も却下された。

「なに言ってるのよ。あなたが無茶ブリで右往左往するのが面白いんじゃない。それに、顔を隠すのなんて絶対に駄目よ。わたしがあなたを選んだのは、その情けない顔がウケると思ったからなんだもの。つまりこれは、あなたにしかできない役目でもあるんだからね」

そんな理由で選ばれたのでは、少しも喜べない。

(なんて冷たいひとなんだ……)

さっきの会議でも、番組に多くの提案をしたし、仕事に賭ける情熱に感心したのである。だが、結局は下の人間を見下すような、根性の悪い女性だったのか。

(ていうか、ドSなのかも)

男を苛めることに愉悦を覚えるとか。そうでなければ、意に沿わない仕事を引き受けるストレスを、若いADにぶつけて発散するつもりなのだろう。

どっちにしろ、このまま押し切られては、いいことなんてひとつもない。テレビマンとしての将来を絶たれる恐れもある。出演者に弄ばれるような情けない男が、まともなディレクターになれるはずがないのだから。

雅彦は決意した。思い切って浩美に告げる。

「だったら、おれ、辞めます」

「辞めるって、番組を?」

「はい。みっともない姿を世間に晒すのなんて、とても耐えられません。ただ、そんな我が儘が通るとは思えませんから、会社を辞めることになるでしょうけど」

ここまで言えば、彼女も諦めるに違いない。そう踏んでいたのは事実である。

だが、本当にトングテレビを退社することになっても、やむ得ないと覚悟していた。惨めな姿を、たとえ地上波でなくても世に晒すのは、到底承服できない。

《だったら辞めなさい！》

浩美の叱責も予想していた。ところが、彼女は声を荒らげることなく、無言でじっと見つめてくる。まるで、こちらの腹の内を探るみたいに。

おかげで、雅彦は追い詰められた気分になった。

（そんな簡単に、辞めるなんて言うべきじゃないのはわかってるさ。でも……）

テレビの仕事がしたくて、ここに入ったのである。一年ちょっとしか勤めずに、尻尾を巻いて逃げ出すなんて情けない。

わかっているが、浩美や奈緒子にこき使われる場面を想像するだけで気持ちが挫ける。まして、それが放送されるとあっては。

と、浩美が納得したふうにうなずく。思わせぶりに目を細めると、

「あなた、童貞でしょ」

疑問ではなく断定の口調で言われ、雅彦は跳びあがりそうになった。

「い、いきなりなんですか。それに、ど、どうしてそんなふうに決めつけられるんで

すか？」

目一杯うろたえたのは、図星だったからだ。そして、その反応によって、彼女も確信を抱いたようである。

「ふうん。やっぱりね」

納得顔で言われて、反論できなくなる。恥ずかしさと悔しさで泣きたくなった。

これまで女性に縁がなかったのは、臆病で何事にも積極的になれなかったからだろう。好きな女の子がいても、フラれることを考えると告白などできず、ただ黙って見ていることしかできなかった。

そんなふうだから、風俗で初体験を済ませる勇気もなく、二十三歳になってもキスすら経験がなかったのだ。

（探検隊としてテレビに出る度胸もないから、童貞だってバレたのかな……）

いや、度胸云々（うんぬん）ではない。単にみっともないところを見せたくないのだ。女にいいように扱われる情けない男だという評判が立てば、ますます童貞卒業が遠のくであろうから。

だとすると、見るからにオドオドしているから、女に慣れていないとわかったのか。

そんなことを考えていると、浩美がすっと前に出る。雅彦はビクッとして、思わず後ずさりをしてしまった。

（――て、だから駄目なんだよ）

こんなふうだから、童貞だと見抜かれるのである。落ち込んだところで、優しい声がかけられた。

「そりゃ、女にこき使われるのなんて嫌だっていう気持ちはわかるわよ。おまけに、テレビにも映されるんだから。でもね、テレビでは、そういう役割分担が必要なの。誰もがヒーローになりたがるけど、ヒーローだけじゃ番組は成り立たないわ。悪役や引き立て役がいるからこそ、バランスがとれるの」

「……つまり、おれが引き立て役ってことですか？」

「言ってしまえばね。だけど、心配しないで。あなたに損はさせないから」

「え、どういうことですか？」

「引き受けてくれたら、ご褒美をあげるわ」

そう言って、彼女がいきなり右手を摑んできたものだから、雅彦は身を堅くした。

しかし、続いてされたことには、思わず声をあげてしまった。

「え、ちょ、ちょっと――」

なんと、浩美は雅彦の手を、ワンピースの胸元に導いたのだ。手を引っ込めようとしたものの、不意を衝かれたために抵抗もままならず、気がつけばふっくらした盛りあがりに手のひらを押しつけていた。

（お、おっぱい……）

ぐぴっと、喉が浅ましい音を立てる。グラビアアイドルの奈緒子ほどではなかったけれど、手に余る感じでなかなかのボリュームだ。

当然、ブラジャーを着けているのだろう。だが、素材が柔らかなのか、堅いもので守られているふうではない。それゆえに、昂奮もひとしおだった。

「おっぱいさわるの、初めて？」

含み笑いの問いかけに、雅彦は「は、はい」とうなずいた。すると、三十路前の美女が艶っぽく口許をほころばせる。

「童貞なんだものね。それじゃ、こっちも当然ないんでしょ？」

胸のふくらみから手をはずされる。もっとさわっていたかったのに、できればモミモミしたかったのにと残念がった雅彦であったが、浩美がワンピースの裾を大胆にたくし上げたものだから度胆を抜かれた。

彼女はベージュのストッキングを履いていた。パンストではなく、太腿の半ばまでの丈しかないものだ。

そして、右手がワンピースの奥へと誘い込まれる。

むっちりした熟れ腿は、柔らかくしっとりした肌ざわりだった。それにも心臓の鼓動が激しくなったものの、神秘のデルタゾーン——薄物が守る女性の秘部に触れたことで、昂ぶりがピークに達する。

（こ、この向こうに、河口さんのアソコが——）

ネットの無修正画像なら、何度も見たことがある。しかし、男女交際未経験の雅彦に、ナマ身の女性器は狂おしく憧れるものでしかなかった。

その部分に、下着越しとは言え触れているのである。

スベスベした感触のクロッチがわずかに湿っているのは、汗以外の分泌物のためだろうか。もしかしたら、男に触れさせて昂奮しているのではないかと、童貞の身でありながら知ったふうなことを考える。

「この中にオマンコがあるのよ」

放送禁止の四文字は、女子アナの綺麗な声で告げられただけに衝撃的であった。それまで、急速な展開に後れを取っていたペニスが、ここに来てムクムクと膨張を開始する。

「見たことある？」

「しゃ、写真でなら」

「でも、実物はないんでしょ？」

「はい……」

情けなさにまみれつつうなずくと、浩美が顔を接近させてきた。

「探検隊を引き受けてくれたら、わたしのオマンコを見せてあげるわ」

かぐわしい吐息を吹きかけられながらの誘惑に、雅彦は頭がクラクラするのを覚えた。

（つまり、それがご褒美ってことか）

一世を風靡した女子アナの、決して公（おおやけ）にできない秘められた苑（その）なのだ。ネットで晒されているそこらの安い女の性器とは価値が違う。月とすっぽん、アワビとバカ貝ぐらいの差はある。

見せてくれるのなら、もちろん見たい。しかし、雅彦が躊躇（ちゅうちょ）したのは、ただ見るだけでは物足りなく感じたからだ。

恥と引き替えにするのだから、もっとご褒美が欲しい。それこそ、初体験をさせてくれるのなら、どんな仕打ちにも耐えられるだろう。

そんな内心を、あるいは悟ったのだろうか。彼女がわずかに眉をひそめ、小首をかしげた。

（図々しいことを考えてるって、バレたのかな？）

叱られるのかと、思わず首を縮めた雅彦であったが、次の瞬間、下半身に甘美なものが生じた。

「あうっ」

反射的に呻き、腰を引く。八割がたふくらんでいた分身を、浩美がズボン越しに握ったのだ。

「大きくなってるわ」

嬉しそうに頬を緩め、牡のシンボルを揉みしごく美しい女子アナ。異性にそこを愛撫されるのは、もちろん初めてである。

「河口さん、そんな――あ、あああ、くうう」

雅彦は奥歯を噛み締めて身悶えた。目がくらみ、膝が笑って立っていられなくなるほどに、気持ちよかったのだ。

快感を与えられた肉器官は、海綿体を限界まで充血させた。若さのしるしとばかりに、鉄のごとく硬くなり、逞しく脈打つ。

それにより、悦びも増大する。少しでも油断したら、たちまち爆発するに違いない。

何しろ、自身の右手しか知らない童貞なのだ。

「立派なのを持ってるじゃない。使わないなんてもったいないわ」

麗しの美貌が愉しげに目を細める。指が触れたままのクロッチが、熱く蒸れてきたように感じるのは気のせいだろうか。

「そうね。オマンコを見せるだけじゃなくて、あなたのオチンチンを気持ちよくしてあげる。それでどう？」

「き、気持ちよくって……？」

「もちろん、精液を出させてあげるのよ。まあ、セックスはさすがに無理だけど」

またも大胆なことが告げられる。全国放送では、いや、ローカル放送でだって、彼女がこんなはしたない台詞を口にしたのは皆無だろう。

続けざまの淫語と快楽の責めに、雅彦は現実感を失っていた。これは夢ではないのかと思いつつ、うっとりする喜悦にひたる。

「さ、どうするの？　このままテレビの世界から足を洗って、女の子に縁の無い生活を送るのか。それとも、わたしに気持ちよくしてもらって、いっしょに探検隊で頑張るのか」

女を知らない若い男が、ペニスを愛撫されながらそんなことを言われて、どうして拒むことができようか。

「……わかりました」

気がつけば、暗示にかけられたみたいにうなずいていた。

「そうこなくっちゃ」

浩美がニッコリと口許をほころばせる。その笑顔は、雅彦には天使か女神のように見えた。

3

「そこに坐りなさい」

言われて、雅彦は会議机脇のパイプ椅子に怖ず怖ずと腰を下ろした。分身が痛いほどに勃起していたものだから、へっぴり腰のみっともない姿勢で。

(初体験をさせてくれないのは、童貞男の情けないところが無くならないようにってことなのかな)

ふと、そんなことを考える。浩美なら、そこまで計算していても不思議ではない。

だいたい、初対面のＡＤに下着の底をさわらせたり、股間を握ることまでしたのだ。

セックスをさせるぐらい、どうということはないはず。

こんなこと、彼女の出世作である深夜番組のファンが知ったら、さぞ嘆くに違いない。だが、浩美はもう二十九歳なのだ。フリーになって苦労もあっただろう。いつまでも新人時代の健気さや清らかさを求めるのは酷である。

とは言え、これはさすがに大胆すぎると、ワンピースの裾から手を入れてパンティを脱ぐ彼女に、雅彦は戸惑いの視線を向けた。

ストッキングの爪先から抜かれたのは、淡い紫に黒いレースの装飾がされた、大人っぽいデザインのパンティだった。それこそ、成熟した美女にこそ相応しい下着と言えよう。

浩美はそれを両手で広げ、秘部に密着していた裏地を確認すると、わずかに眉をひそめた。ひょっとして、いやらしいものが付着していたのかと、雅彦はどぎまぎした。

(やっぱり濡れてたのかな)

指に触れた湿り気を思い返し、悩ましさを覚える。いきり立つ分身が、ビクンとしゃくり上げた。

脱いだパンティをバッグにしまうと、浩美は思わせぶりな視線を雅彦に向けながら、会議机の上にあがった。そして、年下の男の前で、体育坐りのポーズを取る。

ワンピースが脚を隠しており、足首から先ぐらいしか見えない。だが、下着越しに秘められたところに触れ、ペニスを愛撫されたあとだけに、彼女を目の前にしただけで胸が高鳴った。

「それじゃ、見せてあげるわ」

妖艶な眼差しを浮かべた女子アナが、ワンピースをそろそろとたくし上げる。焦らすつもりなのか、さっきとは違ってゆっくりした動きだ。

（ああ、早く）

気が逸り、期待が高まる。そのため、裾の向こうに翳りが見えただけで、危うく爆発しそうになった。

「さ、これが本物のオマンコよ」

ワンピースを膝までたくし上げたところで、浩美が得意げに言う。童貞男に見せつけることに愉悦を覚えているらしい。恥ずかしいなんて意識は毛頭無く、笑みすら浮かべていそうだ。

もっとも、初めて目の当たりにした女性器に目も心も奪われていた雅彦は、彼女の表情など確認する余裕はなかった。

（これが河口さんの――）

まばたきをするのも惜しいと思うほどに目を見開き、ゴクッとナマ唾を飲む。

下着に押さえられていたためか、漆黒の秘毛は逆立っていた。あたかも燃えさかる炎のごとくに。それは範囲も広く、短いものが中心の秘苑を取り囲み、アヌス側のほうにまで生えていた。

浩美の恥毛がかなり濃いことに、雅彦は頭の芯が絞られるほどに昂奮した。大人の女性なら、そこに毛があるのは当然のこと。だが、テレビで爽やかな笑顔を振り撒いていた美女だけに、とんでもない秘密を暴いた気になった。

それだけではない。中心のほころびから大ぶりの花弁がはみ出し、ハート型に開いていたのだ。しかも、狭間の粘膜部分をべっとりと濡らして。

（やっぱり濡れてたんだ……）

年下の男を翻弄することに、昂ぶっていたのか。あるいは、もともと若い男を責めることが好きだから、こういう展開になることを見越して、探検隊に抜擢したのかもしれない。

見ているあいだにも、女芯が物欲しげに収縮する。見え隠れする小さな洞窟から、白い濁りを帯びた粘液がトロリと溢れ出た。

（セックスのとき、ここにペニスを挿れるんだな）

自分がそれをする場面を想像し、からだが震えるほどに昂奮する。探検と言えば洞窟が定番だが、どうせならこの魅惑的な女窟を探ってみたい。

温めたヨーグルトを思わせる、悩ましい香りが漂ってくる。それが濡れた女性器の放つものだと、すぐに理解した。

（こんな匂いなのか）

ネットの画像では、当然ながら匂いまではわからない。そのため、目にしているものがいっそう生々しく感じられる。

「ねえ、初めて本物のオマンコを見た感想は？」

問いかけに、雅彦はハッとして我に返った。

「あ、はい。すごくいやらしいっていうか……でも、魅力的です」

その答えは、浩美を満足させたらしい。「そう」とはずんだ声が聞こえた。

（いやらしいなんて言っちゃって、気を悪くしてないのかな？）

恐る恐る視線を上に向けると、彼女は愉しげにこちらを見ている。頬が赤らんでいるから、多少は恥ずかしいのか。いや、単に気分が高揚しているようにも見える。

（これなら、お願いを聞いてくれるかもしれない）

女性の神秘の象徴たるところを、もっと間近で観察したくなったのだ。

「あの……もう少しおしりを前に出してもらえますか？」

要請の意味を、浩美はすぐに悟ったようだ。

「もっと近くで見たいのね。いいわよ」

ワンピースが腰までたくし上げられ、下半身があらわになる。ストッキングを履いた美脚も、ナイロンの薄物に覆われていない肉感的な太腿も、牡の劣情を煽るのに充分すぎる色気を湛えていた。

彼女はヒップを前にずらしながら、脚も大きく開いた。美しい女子アナのM字開脚。そうして、何ものも隠していない秘苑を大胆に晒す。

「さ、じっくりご覧なさい。何なら、見ながらオナニーしてもいいわよ」

クスクス笑いながら言われて、頬が熱くなる。いきり立つ分身はズボンの前を突っ張らせており、それを摑み出してしごきたかったのは間違いない。

だが、そんなみっともないところを見せる勇気はなかった。それに、彼女は気持ちよくしてあげると言ったのだ。その前に自分でするなんてもったいない。

腰が気怠くなるほどの疼きを覚えつつ、雅彦は濡れた女陰に顔を近づけた。開脚ポーズのため、さっきよりも恥割れのほころびかたが著しいようだ。

なまめかしい匂いも強くなり、ヨーグルトよりもチーズに近づいた気がする。その中に、磯くさい成分も感じられた。

（これ、オシッコの匂いかな？）

美女でもトイレで用を足すのであり、いくら紙で拭いても多少はエッセンスが残るだろう。頭では理解できても、知的な美貌と尿がなかなかリンクしなかった。

「わたしのオマンコ、どんな匂いがするの？」

またも淫らな質問が飛ぶ。雅彦は小鼻をふくらませていたから、漂うものを嗅いでいるとわかったのだろう。

「えと……うまく説明できないんですけど、でも、ドキドキするっていうか、たまらなくなる匂いです」

「その匂い、好き？」

「はい。大好きです」

即答するなり、恥割れがキュッとすぼまる。新たな蜜が滴り、会陰の縫い目を伝った。

「童貞なのに、意外とエッチなのね」

なじる声音に、好意の色が窺える。どうやら受け答えは合格らしい。

だったら、もっとあれこれお願いしても大丈夫なのではないか。雅彦は思いきって、したくてたまらなくなっていたことを告げた。

「あの、ここにキスしてもいいですか？」

「ええっ!?」

今度は戸惑いの声が返される。さすがに図々しかったかと、雅彦は言ったことを後悔した。

しかし、浩美は気を悪くしたわけではなかったらしい。

「いいの？　そこ、洗ってないのよ」

清める前の性器に口をつけられることに抵抗があるようだ。だが、声の感じからして、本当はしてほしいのではないか。

そう判断して、雅彦は「かまいません」と答えた。

「河口さんのここ、とても魅力的です。だからキスしたいんです」

心を込めて訴えると、「本当に？」と確認される。

(やっぱりしてもらいたいんだよな)

了解を得るのももどかしく、雅彦はほころんだもうひとつの唇にくちづけた。

「あ、ダメ――」

彼女は後ずさろうとしたようである。しかし、それよりも早く、敏感なところに男の唇を受けた。

「あふン」

切なげな声が聞こえたのと同時に、剝き出しの下半身がビクンとわななく。ダイレクトな反応が嬉しくて、雅彦はさらにチュッチュッとキスを浴びせた。

「いやぁ」

嘆きながら、浩美が机に載せたヒップをくねくねさせる。だが、逃げようとはしない。

（だったら、舐めてもいいよな）

舌を出し、裂け目に差し入れる。温かな蜜のまぶされた粘膜を、雅彦はねろりと舐めた。

「くぅうーん」

子犬みたいな声が聞こえる。閉じた恥割れが、舌先を挟み込んだ。

「ああ、い、いいの？　そこ、汚れてるのに」

申し訳なさそうにしながらも、腰がいやらしく悶えている。

もちろん雅彦は、汚れているなんて少しも思わなかった。何しろ、美しい女子アナの、正直な味と匂いを知ったのだから。ほんのりしょっぱみが感じられるのも好ましい。

(舐められて、気持ちいいのかな?)

だったら、もっとよくなってほしいとばかりに、舌を上下に動かす。

「あああッ」

甲高い嬌声が、会議室に反響した。

(感じてるんだ、河口さん——)

嬉しくて、いっそうねちっこく舌を躍らせる。溢れる粘っこい蜜を、ぢゅぢゅッと音を立ててすすれば、それはほんのり甘かった。

「ああ、あ、いやぁ」

切なげによがる浩美が、女陰をヒクヒクさせる。悦びをあらわにされ、雅彦は感激で身を震わせた。

(おれ、女のひとを感じさせてるんだ)

キスすらも経験していない童貞でありながら、年上の女にいやらしい声をあげさせている。もしかしたらセックスの才能があるのではないのだろうか。

自信がこみ上げたところで、視界の上から手が入ってきた。恥割れの上端、フード状の包皮がはみ出したところに、指先が添えられる。

「ね、ここ——ここを舐めて」

急(せ)いた口調でのおねだりと同時に、包皮が剥き上げられた。

プン——。

燻製(くんせい)に似た匂いが漂う。現れたのは淡いピンク色の、小さな花の芽だった。

（これ、クリトリス……）

童貞でも、そのぐらいのことは知っている。そこが女性の最も敏感なところであることも。

見ると、クリトリスの裾に白いものが付着していた。匂いの源泉でもあるらしいそれは、どうやら恥垢(ちこう)らしい。

（女のひとにも、こういうものがあるのか！）

未経験ゆえに女性を神格化していた雅彦にとって、それは衝撃であった。ただ、大いに昂奮させられたのも事実である。

「ねえ、お願い」

腰を揺らしながら、浩美が秘核舐めを求める。いよいよ本格的に快感を求める気になっているようだ。

（たぶん、河口さんは、アソコを見せるだけのつもりだったんだよな）

なのに、ここまで欲望に駆られるとは。彼女をその気にさせたのは、自分の手柄なのだ。

恥ずかしい垢も、美女のものなら少しも気にならない。むしろ、味わってみたいとすら思う。

雅彦は少しも躊躇することなく、愛らしい尖りにくちづけた。

「あひッ」

鋭い嬌声がほとばしる。艶腰がガクガクと前後に揺れた。

そこが敏感なポイントであることを見せつけられ、感動が広がる。もっとはしたなくよがらせたくなり、雅彦は舌の動きを速めた。

「あ、あ、あ――か、感じるぅ」

浩美があらわな声をあげる。女芯がいやらしく収縮するのが、クリトリスを吸いながらでもわかった。

(ああ、すごいや)

自分が彼女に快感を与えている。淫らな声をあげさせている。そう自覚することで全身が熱くなり、股間の分身ももっとやれとばかりに小躍りした。

クンニリングスを受ける蜜苑が、熱を帯びてくる。唾液混じりの卑猥な匂いも強まり、それが男心をいっそう昂ぶらせた。

そのころには、最初にあったボロボロと剝がれるものの感触はなくなっていた。付着していた恥垢が、すべて舐め取られたのだ。それらは唾液に溶かされ、雅彦の喉に落とされた。

美貌の女子アナの一部を取り込んだことで、彼女との一体感を覚える。もっとほしいとばかりに愛液を舌に絡め、それを秘核に塗り込めては強くすすった。

「くううう、そ、それいいッ」

強い刺激が二十九歳の女体を痙攣させる。小さな芽を舌先でぴちぴちとはじくようにすると、艶声がいっそう甲高くなった。

(このまま続けていればイクかもしれない)

そう思って間もなく、

「あふンっ！」

喘ぎの固まりを吐き出した浩美が、裸の下半身をわななかせる。それ以上舐めさせまいとするかのようにヒップを後方に逃がし、膝を抱えて顔を伏せた。

「はあ……ハァ——」

あとは肩を上下させ、深い呼吸を繰り返す。

（え、イッたのか？）

あっ気ない絶頂に、雅彦は肩すかしを喰らった気分だった。アダルトビデオで見たような、派手なアクメ声がなかったからだ。

ただ、それゆえにリアルで、生々しく感じたのも事実。彼女はからだのあちこちを、時おりピクッと痙攣させたから、昇りつめたのは間違いないはずだ。

膝から下をハの字に開いているため、秘部がまる見えである。唾液と愛液に濡れたそこは、なまめかしくヒクついていた。

（ああ、いやらしい）

合わせ目に、薄白い粘液が溜まっている。今にも滴りそうだ。

ようやく呼吸が落ち着き、浩美が顔を上げる。頬が紅潮し、目が潤んでいる。半開きの唇からは、切なげな息づかいがこぼれていた。

「イッちゃった……」

愛らしくも淫らな発言に、雅彦は心臓をバクンと高鳴らせた。

（なんて可愛いんだろう）

六つも年上なのに、あどけなさすら感じる。探検隊での役割を説明されたときには、なんて冷たくて意地の悪いひとなのかと思ったが、マイナスの感情は綺麗さっぱりなくなっていた。

「クンニ、じょうずなのね。童貞なのに、意外だったわ」

熱っぽい口調で言われ、男としての自信がこみ上げる。やはり才能があるのだと、思いあがったことを考えた。

「ね、オチンチン、大きなまんま？」

「は、はい」

「それじゃ、今度はわたしが気持ちよくしてあげる番ね」

浩美が思わせぶりに唇を舐める。ひょっとして、お返しにフェラチオをしてくれるのか。

期待に胸をふくらませながら、雅彦は彼女と交代して会議机にあがった。

「そうね。寝てもらえるかしら」

言われたとおりに仰向(あおむ)けで寝そべると、すぐにベルトへ手がかけられる。ズボンの前が開かれ、雄々(おお)しくテントを張ったブリーフがあらわになった。

「おしり上げて」

羞恥を覚えつつ従うと、浩美が腰に抱きつくようにしてズボンに手をかける。そして、ブリーフごとまとめて脱がされたものだから、雅彦は慌てた。

（え、そんないきなり？）

戸惑う間もなく、ゴムに引っかかった勃起が勢いよく反り返り、筋張った肉胴を見せつける。それを目を細めて見つめながら、麗しの女子アナは下半身の着衣をすべて奪い取ってしまった。

（うう、見られた……）

こちらも彼女の秘められた部分を目にしたあとである。しかし、恥ずかしいことに変わりはない。

「立派じゃない」

嬉しそうに言って椅子に腰掛け、浩美が強ばりに指を回す。軽く握られただけで、今にも射精しそうな快感が生じた。

（これが女性の手なのか——）

自分で握るときとはまったく違う。指のしなやかさもそうだが、美女の手に自らのモノを委ねたという、心情的な喜びもあったろう。

「すごく硬いわ。鉄みたい。やっぱり若いからなのね」

感心した口調で言われ、頬が熱くなる。そうすると、彼女がこれまで付き合った男性は、年上ばかりだったのだろうか。

悩ましげな顔つきで、浩美が屹立をしごく。腰をよじりたくなる気持ちよさに、雅彦は呼吸をはずませた。

と、彼女がいきなりイチモツに顔を寄せたものだから、雅彦はドキッとした。

(え、もう?)

おしゃぶりをするのかと思えばそうではなく、赤く腫れた亀頭のそばで小鼻をふくらませ、悩ましげに眉をひそめただけであった。

「男の匂い……久しぶりだわ」

浩美が頬を緩める。ペニスが漂わせるものを嗅いでいるのだ。

それほど汚れていないとは思うのだが、まったく匂いがしないはずはない。蒸れた青くささを嗅がれることに、罪悪感と羞恥が募ったものの、彼女はうっとりした顔つきである。

(女性も男の匂いに惹かれるんだろうか……)

さっき、自分が彼女の秘臭に心を奪われたように。

ただ、久しぶりということは、親密な関係の男がここしばらくいなかったことになる。それがどれほどの期間なのかは、わからないけれど。

(だから匂いを嗅ぐだけでうっとりしちゃうのかも)

亀頭粘膜に温かな鼻息がかかる。それにもゾクゾクさせられたとき、再び手が上下に動きだした。

「あ――ああっ」

快感が高まり、雅彦は腰をよじって喘いだ。

「あん、ビクビクしてる」

つぶやいた浩美は、猛(たけ)るものの頭部をじっと見つめたままだ。光を鈍(にぶ)く反射させるそこは、ミニトマトみたいに張り詰めている。今にもパチンとはじけそうだ。

そして、鈴口に透明な粘液を滲(にじ)ませる。

「出てきたわ、ガマン汁」

品のない単語をさらりと口にし、浩美がしなやかな指でカウパー腺液を粘膜に塗り広げる。くすぐったさの強い快感が生じ、雅彦はたまらず「あああっ」と声をあげた。

「敏感なのね。さすが童貞クン」

艶っぽく頬を緩める年上の女は、若いペニスを弄ぶのが愉しくてたまらない様子だ。先端にふーと息を吹きかけたり、滴る先走りを指に絡め取り、くびれの段差をくちくちと刺激したりする。

「ああ、あ、そんなにしたら――」

遠慮のない愛撫に、たちまち限界が迫ってくる。ほんの三分もしごかれていないのに。

「あら、もうイッちゃいそうなの？」

浩美が物足りなそうに眉根を寄せる。だが、雅彦には何もかも初めてのことなのだ。それを思い出したようで、

「しょうがないわね。いいわ。イキたくなったら、いつでも出しなさい」

あっさりと許可を与えてくれた。

すぐにでもほとばしらせたいほど、高まっていたのは間違いない。にもかかわらず、雅彦が射精を我慢したのは、すぐに出したらもったいないからだ。この素晴らしい快感を、もっと長く愉しみたかった。

だからこそ、奥歯を噛み締めて忍耐を振り絞ったのである。

「あら、なかなか頑張るのね」

爆発を堪えていることに気がついたらしい。浩美がにんまりと笑みをこぼす。対抗心を燃やしたか、そびえ立つものの真上に唇を移動させると、クチュッと唾液を垂らした。

「ううう」

温かな液体が粘膜を伝う。それだけで雅彦はあやしい昂ぶりにまみれた。

さらに、自家製の潤滑液を用いて、彼女が屹立をヌルヌルと摩擦しだしたものだから、悦びが爆発的に高まった。

「あ、あああッ」

喘いで腰をくねらせ、会議机を軋ませてしまう。

「ほら、気持ちいいでしょ」

得意げな笑みをこぼした浩美が、手の上下運動を速くする。上下する包皮に巻き込まれた唾液が、クチュクチュと音をたてた。

(うう、ヤバい)

美しい女子アナの唾をつけられただけでもたまらないのに、それが手コキの快感を狂おしいまでに高めていたのだ。忍耐がたちまち腰砕けとなり、歓喜のトロミがペニスの根元で早く出たいと暴れ回る。

そうなったら、あとは時間の問題だ。

「ああ、あ、ダメ――で、出ます」

腰を波打たせて告げると、浩美が握りを強めた。

「いいわよ。あ、すごい。また大きくなったみたい」

そう言って、下腹にめり込むほど持ちあがった陰嚢を、左手ですりすりと撫でる。

「くあああっ」

くすぐったいような快さが、忍耐の最後の砦を粉砕する。オナニーのときも玉袋に触れることはなく、そこが感じる場所だなんて知らなかった。

「ああ、あ、いく、出る――」

呼吸が荒ぶる。全身に蕩けるような愉悦が行き渡り、頭の中が真っ白になった。続いて、尿道を熱いものが駆け抜ける。

びゅるん――。

亀頭が爆ぜ、粘っこいエキスが宙に舞う。

「あ、出た出た」

浩美がはしゃいだ声をあげた。

4

飛び散った多量の精液が甲斐甲斐しく拭われるあいだ、雅彦は会議机にぐったりと横たわったままであった。呼吸がなかなかおとなしくならない。それだけ気持ちのいい射精だったのだ。

青くさい匂いが漂う。それを物憂く感じながらも、時おりからだのあちこちが、思い出したようにピクッとわなないた。

(……すごかった)

天井を見あげて、めくるめくひとときを反芻する。体内のすべてのものが放たれたかに思え、恐怖すら感じたのだ。オナニーでも、たまに会心の悦びを得られることがあるけれど、それすらも足下に及ばない。

(女性って、なんて素晴らしいんだろう)

ここまでの快感を与えてくれる存在に、畏敬の念を抱かずにいられなかった。手で射精に導かれただけでもこうなのだ。セックスまでしたら、感極まってどうにかなってしまうのではないだろうか。

「ちょっと、どういうこと?」

いきなりなじられて我に返る。見ると、ザーメンの後始末をしてくれた浩美が、眉をひそめていた。

「あ、すみません」

すべてやらせてしまったことを、咎められたのかと思ったのだ。しかし、そうではなかった。

「あんなにたくさん出したのに、どうして小さくならないの？」

「え？」

言われて、頭をもたげた雅彦は、ようやく気がついた。自らの分身が、ピンとそそり立ったままであることに。

（嘘だろ……）

彼女が言ったとおり、二回分はあったのではないかと思えるほど、多量の精液をほとばしらせたのである。睾丸も打ち止めのはずが、どうして勃起を維持しているのか。自分のことなのに、まったくわからなかった。

「いくら童貞だからって、元気ありすぎじゃないの？」

浩美がむくれ顔を見せる。あれでは満足できないと蔑まれたようで、気分を害したのではないか。

それでも、白い指を再び肉根に回す。

「ほら、こんなに硬いのよ」

あきれた口調でこぼし、悩ましげに眉間のシワを深くした。

「ううう」

鈍い痛みを伴った快感に、雅彦は呻いた。さらに手を上下に動かされ、両膝をすり合わせて身をよじる。

「脈打ってる……本当にすごいわ」

濡れた眼差しが、滾る肉器官に向けられている。パイプ椅子の軋む音がかすかに聞こえるのは、ヒップをモジつかせているからではないのか。

気のせいか、ペニスを愛撫する手つきもさっきとは異なっている。射精させるためというより、慈しんでいるかのようだ。

(ひょっとして、いやらしい気持ちになってるのかも)

美女の艶めいた面差しに、雅彦は胸を高鳴らせた。牡のシンボルを雄々しく脈打たせ、鈴口から先走り液をこぼす。それは亀頭の丸みを伝い、綺麗な指を淫らにヌメらせた。

と、手にしたものに浩美が顔を寄せる。また匂いを嗅ぐのかと思えば、ピンク色の唇から舌をはみ出させたものだからドキッとする。

(え、まさか)

カウパー腺液であやしく光る粘膜部分を、彼女は厭うことなくペロリと舐めた。

「あふっ」

衝撃的な快感が生じ、腰の裏を痺れさせる。

「男の味……」

つぶやいた彼女が、卑猥なシロップをまとった亀頭を丹念に舐める。敏感な粘膜を重点的に責められ、雅彦は「ああ、ああ」と、馬鹿みたいに声をあげ続けた。悶絶しそうに気持ちよく、おかげでいくら綺麗にされても、先汁が次々と溢れ出る。

それに業を煮やしたわけでもないのだろうが、とうとう彼女は張り詰めた頭部を口に入れた。

チュッ——。

舌鼓を打たれ、目のくらむ悦びに雅彦はのけ反った。会議机に、後頭部をガンとぶつけてしまう。

浩美は亀頭に舌をまつわりつかせ、飴玉でもしゃぶるみたいにピチャピチャとねぶる。そこから電撃にも似た快美がパッパッとはじけ、全身が痺れるようだった。

「ああ、河口さん」

声をかけても、彼女は口淫奉仕に夢中というふう。口許からはみ出した部分も指の輪で忙しくこすり、目のくらむ愉悦に漂わせてくれた。

(河口さんが、おれのを——)

美しい女子アナにフェラチオをされている。その事実だけでもたまらないのに、頭をもたげれば、無骨な肉器官を頬張っている横顔を目の当たりにすることができるのだ。頬をへこませた、卑猥なフェラ顔を。

あまりのいやらしさに眩暈（めまい）を起こしそうになる。彼女のファンの中には、こんなふうにペニスをしゃぶられる場面を想像し、テレビに映る麗しの美貌を眺めながらオナニーをした者もいたのではないか。そいつにこのことを知られたら、きっと殺されるに違いない。

そんなことを考えると、優越感が快感を後押しするのだ。

（うう、ヤバいかも）

大量射精のあとでも、初めてのオーラル奉仕でぐんぐんと高まっている。もしかしたら、このまま口に出させるつもりなのか。それはさすがに畏（おそ）れ多すぎると、雅彦は警告した。

「そんなにしたら、また出ちゃいます」

すると、浩美が強ばりを解放する。鈴口と唇のあいだに粘っこい糸が繋（つな）がったのを、舌が舐め取った。

さすがに口で受け止めるつもりはないからフェラチオを中断したのだと、雅彦は思っていた。また手で射精させるのだろうと。

ところが、彼女は予想もしなかった行動に出た。

「も……たまんない」

悩ましげにつぶやくと、ワンピースの裾をたくし上げる。成熟した色気の滲む下半身をあらわにすると、

「ね、挿れて」

淫蕩(いんとう)な眼差しで雅彦に告げた。

「え、挿れてって……」

「そのカチカチのオチンチンを、オマンコに挿れるのよ。童貞を卒業させてあげる」

そうして、艶尻を突き出すようにして、会議机に両手をついた。

「ほら、早くして」

急かされて、雅彦は焦って起き上がった。机からおりて、怖ず怖ずと浩美の真後ろに進む。

（わ――）

心の中で声をあげたのは、肉厚でいかにも弾力のありそうなヒップが、エロチックなことこの上なかったからだ。完熟した桃、あるいは、巨大なお餅という趣。おまけ

に、早く挿れてとねだるように、左右にぷりぷりと揺すられている。

「ほら、バックから挿れるのよ」

美しい女子アナが机に突っ伏し、熟れ尻を高く掲げる。深い谷が割れ、短めの恥毛で囲まれたアヌスが現れた。その真下には、ほころんだ秘唇も。

淫靡な匂いが漂ってくる。クンニリングスをしたときにも嗅いだ、発情した牝臭だ。見ると、花びらのあいだに透明な蜜が溜まっていた。

(フェラチオをしたせいで、男が欲しくなっちゃったんだな)

いや、その前に、射精後も萎えなかった若いペニスを目撃して、子宮を疼かせたのかもしれない。

どちらにせよ、当初はここまでするつもりはなかったはず。初体験をさせるのなら、最初にそう言ったであろうから。それに、彼女は気弱で情けない童貞男を、番組に求めていたのだ。

だが、気が変わったのなら、願ったり叶ったりだ。やっぱりやめたと言い出す前にやり遂げなければと、雅彦は猛る分身を前に傾け、腰を落として濡れた恥割れにあてがった。

途端に、臀裂が行為を急かすみたいにキュッとすぼまる。

「そう、そこよ。挿れて」

おねだりに応え、雅彦は肉根を女体の洞窟へと送り込んだ。

「ああ、あ、来るぅ」

年上の女がのけ反り、豊臀をわななかせる。たっぷりと濡れていた蜜穴は、膨張しきった牡器官を難なく受け入れた。

（ああ、入った――）

下腹と臀部がぴったりと重なったところで、腰がブルッと震える。分身は濡れ温かなものに包まれており、うっとりする快さを浴びていた。

「はあ、ハァ……」

浩美が肩を上下させ、切なげな吐息をこぼす。内部にあるものの感触を確かめるみたいに、尻割れをいく度もすぼめた。

「あん、いっぱい」

つぶやいて、ヒップをくねらせる。

（――おれ、河口さんとしてるんだ……もう童貞じゃないんだ！）

実感がこみ上げ、全身が熱くなる。そして、牡の本能なのか、ペニスを出し挿れしたくなった。

雅彦はたわわな牝尻に両手を添えると、腰をそろそろと引いた。逆ハート型の切れ込みから、濡れた肉根が現れる。くびれが見えそうなところまで後退させてから、勢いよく戻した。

ぱつん――。

下腹と尻肉がぶつかり、湿った音を鳴らす。

「あああっ！」

会議室に、嬌声が高らかに響き渡った。

バックスタイルという体位が幸いし、雅彦は迷わず動くことができた。何しろ、結合部がまる見えなのだ。濡れた肉割れに出入りするペニスも、そのすぐ上でなまめかしく収縮するアヌスも、すべて視界に捉えている。

それに、こちらは立っているからか、昇りつめそうな気配がない。筒肉にまつわりつく柔ヒダが、敏感な部位を余すところなくこすっているにもかかわらず。

（ああ、気持ちいい）

かすかに蠢く女芯内部の感触も、余裕を持って味わうことができる。締まっているのは入り口ともう一箇所、奥まったところだ。抽送すると、そこがくびれをくちくちと刺激し、腰が砕けそうな快感を与えてくれる。

「ああ、あ、それいいッ」

浩美のほうも奥の狭まりを掘り返されて、あられもない声をあげる。膣奥が熱を帯び、煮込んだシチューみたいに蕩けてきた。

ヒップの切れ込みに見え隠れするペニスに、白っぽい粘液がまといつく。泡立った愛液か。それとも、これが本気汁というやつなのか。

雅彦はいつしかリズミカルに腰を振っていた。パンパンと音が立つほどに、勢いをつけて。

「あああ、も、もっとぉ」

貪欲に快楽を求める、二十九歳の女。普段は真面目で清楚な女子アナが、一匹の牝に成り果ててよがっている。

(おれ、セックスで女のひとを悦ばせてるんだ)

男としての自信が、性感も上昇させる。雅彦は鼻息を荒くして、女膣を深々と抉り続けた。

「あ、い、イッちゃう」

浩美が声を震わせる。アクメの予告を耳にしたことで、雅彦も急上昇した。

「あ、お、おれもいきそうです」

焦り気味に告げると、彼女が膣口をキュッキュッとすぼめた。まるで、早く出しなさいと煽るように。

「いいわ……あああ、い、いっしょに」

「でも、中に出していいんですか？」

この問いかけには、一瞬間があったものの、

「か、かまわないわ。熱いザーメン、奥にいっぱい注いでぇ」

と、淫らなおねだりをされる。ならばと、ピストン運動の速度を上げると、浩美はいっそう乱れだした。

「あ、あはッ、すごい……くううう、お、オチンチン、奥まで来てるぅ」

はしたない言葉を口にしてすすり泣く、年上の美女。いかにも経験豊富というふうだった彼女を、ここまでよがらせるなんて。しかも、これが初体験だというのに。

(おれはもう、一人前の男なんだ)

ほんの短時間で、ひと皮もふた皮も剝けた気がする。男として、それから人間としても、大きく成長できたのではないか。

これなら、探検隊の一員としてテレビに出ることも、少しも怖くない。女性ふたりにあれこれ命じられても、うまく対処できるに違いない。雅彦はそう確信した。

（もう怖いものなんてないさ）

気持ちの余裕が腰づかいにも表れる。一本調子ではなく、浅く深くの変化も取り入れた抽送で責めると、浩美は一気に頂上へと舞いあがった。

「ああ、あ、イクイク、い、イッちゃうのぉおおおっ！」

高らかなアクメ声を響かせて、全身をガクンガクンと波打たせる。間もなくがっくりと脱力したものの、雅彦は爆発していなかった。

（まだまだ終わりじゃないですよ）

勢いを緩めずにピストンを繰り出すと、彼女が苦しげに身をよじる。

「ば、バカぁ。い、イッたばかりなのにぃ」

オルガスムスの名残でピクピクと痙攣する女体を、容赦なく責め続ける。すると、またも上昇に転じたようだ。

「いやぁ、ま、またイックぅうううー」

浩美がさらなる高みへ達し、会議机の上で背中を弓なりにする。蜜窟全体が締まり、それによって雅彦も昇りつめた。

「あうう、で、出ます」

目の奥に火花が散るのを感じながら、熱いほとばしりをドクドクと注ぎ込む。二回目とは思えない量が出ていると、見えなくてもわかった。

「あ、あ、奥が熱いのぉ」

裸の下半身をヒクヒクとわななかせる女子アナ。秘境を探る予定の探検隊の隊長が、その前に年下の男から、肉体の奥まで暴かれてしまった。

第二章　秘境にエロ河童（がっぱ）は実在した

1

番組名は「行け行け！　河口浩美探検隊」に決定した。かなりストレートだが、こういうものはわかりやすいのが一番だ。

かくして、いよいよ第一回目のロケに出発である。行き先は、河童が出るという情報が寄せられた沼だ。おそらく、放送時のサブタイトルは、

《衝撃！　幻の沼に河童を見た!!》

なんてものになるのだろう。

その沼――緑ヶ沼（みどりぬま）は、関東北部、G県の山間の村にあるとのこと。村の中でも、山のかなり上とのことで、まずはふもとに宿をとることになった。

もっとも、観光地でもない村に、ホテルや旅館があるはずもない。村役場に連絡を取り、空き部屋のある民家を紹介してもらった。

そういう現地との連絡交渉は、ほとんど雅彦の仕事であった。

行ってみれば、紹介された民家は、いかにも昔ながらの農家という立派な佇まい。茅葺き屋根でこそなかったものの、集落内にはそういう古めかしい家がまだ残っていた。実に素朴な趣の里だ。

（こんなところに河童がいるのか？）

疑問が頭をもたげる。まあ、近代化から取り残されたようなところだから、伝説の生き物がいても不思議ではないとも言えるが。

ともあれ、その家は部屋も多く、けれど住んでいるのは祖母と孫娘のみだった。田舎のひとは大らかなのか、最初はただで泊めてもいいと言われたが、そこまで厚意に甘えるわけにはいかない。食事代も含めて、ひとり一泊千円を払うことになった。それにしたって、宿泊費としては破格の安さである。

ワゴン車に乗り込み、トングテレビを朝に出て、昼前には宿泊先に到着。撮影の準備をすませ、一行は午後一でさっそく緑ヶ沼に向けて出発した。

山の上までは一本道である。但し、車の通れない、人間も横に並んでは歩けないような、細い急坂だ。周囲には草木が繁り、当然ながら民家などはない。山菜やキノコなど、山の幸を採るときぐらいしか使わない道だと、宿泊先の老婆が教えてくれた。探検隊にはいかにも相応しい道程ではある。しかし、実際に歩く立場になれば、ひたすら疲れるばかりだ。

「ところで、今回の河童の情報は、どこから入手したんですか？」

隊長の浩美が、前を歩くディレクターの村藤に訊ねる。

「ああ、ブンちゃんが、作家の福岡勉太郎(ふくおかべんたろう)先生から聞いたんだって。ただ、いっしょに飲んでるときに出た話だから、どこまで信じていいのやらっていうのはあるけどね」

ブンちゃんというのは、番組の構成作家の愛称だ。そして、福岡勉太郎という名前も、雅彦は聞き覚えがあった。

「福岡先生って、超常現象やＵＭＡ（未確認生物）の本を出されている？」

「うん。他のＣＳ局だけど、ブンちゃんはその手の番組で、いっしょに仕事をしたんだって。河口さんも、福岡先生を知ってるの？」

「ええ……以前、番組のゲストでお呼びしたことがあるんです」

浩美はくだんの作家を知っていたようだ。雅彦はいちばん後方にいたため、彼女の表情はわからなかったが、口調からしてあまりいい印象を持っていなさそうだ。まあ、そういう怪しい本を出している物書きが、まともな常識人であるはずがない。

「でも、あれで情報だけはたくさんお持ちですから、案外信憑性があるかもしれませんね」

その発言も、そうであってほしいと自らに言い聞かせているふうである。

（ていうか、河童なんて本当にいるはずないよな）

雅彦はまるっきり信じていなかった。番組のテーマとしては面白いけれど、おそらく視聴者も、本物の河童の撮影に成功するなんて期待していまい。

だいたい、本当に見つかったら世紀の大発見なのである。ＣＳではなく地上波で大々的に放送するだろうし、その前にニュースで取り上げられるはずだ。

だからと言って、行ったけれど何も見つかりませんでしたでは、番組として成立しない。それっぽいものの影でも痕跡でもいいから、カメラに収めねばならないのだ。

「じゃあ、このあたりで沼に向かうシーンを撮影しておこうか」

ディレクターが声をかけ、マイクをチェックする。カメラマンの漆水も、カメラを探検隊に向けて構えた。

「カメラＯＫか、ヒザ水」

「はい、OKです」

漆水が答える。「ヒザ水」と呼ばれるのは、漢字の漆と膝が似ているからだろう。間違えて呼ばれたのが定着したのか、それとも持病で膝に水が溜まったことがあるのかまでは、雅彦は知らない。

「では、リハーサルは無し。即本番で行くぞ」

指示の声に、探検隊一同――とは言っても三人だけだが――のあいだに緊張が漲る。カメラのほうに向かって進むアングルだ。

本来なら、隊長が一行の先頭でなければならない。その姿を進行方向から捉えるのは、実際はあり得ないものの、テレビではありがちな演出である。要は、カメラなどないものとしているのだ。

そもそも、馬鹿正直に後ろから撮影したって、背中ばかりで顔が映らず、誰が誰なのかはっきりしない。わかるのは、太腿剝き出しの奈緒子ぐらいだ。

よって、探検隊を正面から映すぐらいの演出は、大目に見てもらわねばならない。とは言え、いちおう後ろからも撮影しているのである。AD兼ヒラ隊員、さらに雑用係でもある雅彦は、小型のデジタルムービーを持たされていた。一行の最後尾で、メンバーを撮影するために。あとは前から撮影したぶんと合わせて編集すれば、見れる画面になるわけである。

もっとも、被写体に関しては、ディレクターから注文されていた。

『いいか、狙うのは小日向が中心だ。尻とか太腿とか、色っぽいところをアップで撮りまくれ。事務所の許可は得ているし、遠慮はいらないからな』

奈緒子以外の探検隊の服装は地味だから、少しでも華のある画面にするためだと村藤は言った。浩美に関しても、後ろ姿だけでなくパンティラインぐらい狙ってみろとけしかけられたが、それは彼女がNGを出すのではないか。

ともあれ、雅彦はほとんどカメラを回しっぱなしにしていた。ただ、任務はそれだけではない。雑用係と言うことで、探検隊の荷物はほとんど彼が背負っている。水や食料も入っているから、大きなリュックは十キロ近い重さがあった。

つまり、修験者もかくやというぐらいの難行苦行を、彼は強いられているわけである。そんな状態で、グラビアアイドルの下半身を撮影するわけだ。

ただ、これぞ若さゆえなのか、汗だくになり、息を切らしながら坂道をのぼってきたのに、雅彦は勃起していたのである。グラビア映えするホットパンツのヒップや、むっちりして美味しそうな太腿に欲情して。さらに、奈緒子から漂ってくる甘酸っぱい汗の香りにも、牡の劣情を煽られていた。

（ああ、いいおしりだなあ）

二十五歳のはち切れそうな丸みを記録しながら、雅彦が密かに思い出していたのは、初体験で目にした浩美の艶尻だった。二十九歳の熟れた豊臀は、童貞を奪ってくれた女性のものだけに、やはり特別なのだ。

そして、バックから突きまくられた美しい女子アナが、はしたなく乱れた姿も脳裏に蘇らせれば、ペニスがいっそう硬くなる。ズボンの前が突っ張り、ちゃんと歩けるだろうかと不安を覚える。

「それじゃ、本番五秒前。三、二……」

村藤のキューがあり、前進する探検隊。ひと呼吸置いて浩美が振り返る。

「みんな、だいじょうぶ？」

隊員を気遣う隊長らしい台詞に、奈緒子が呼吸をはずませつつも、「だいじょうぶです」と即答する。後ろからでは顔が見えないが、きっと額に汗が光っていることだろう。

「北田はどう？」

声をかけられ、雅彦はうろたえた。

「ああ、はい。だいじょうぶだと思います」

ずっと奈緒子の下半身ばかり見て、尚かつ浩美の痴態を回想していた後ろめたさから、しどろもどろな受け答えをしてしまう。そして、ふくらんだ股間を見られまいと、内股で身を屈めた。

「なによ、思いますって。あと、男だったら、もっと胸を張って歩きなさいよ」

浩美が表情を険しくし、曖昧な言葉遣いとみっともない姿勢を咎める。おかげで、雅彦はますます萎縮することとなった。

「すみません……」

「まったく、しっかりしてちょうだい」

ヒラ隊員を叱りつけ、女隊長が前に向き直る。あとは視聴者向けに、山の様子や道の険しさを解説しはじめた。

状況説明以外の、特に隊員同士のやりとりは、ほとんどアドリブである。台本にも、出演者の判断でと書かれている。

そのあたり、浩美はやはり達者だった。出世作の深夜バラエティーで、お笑い芸人を相手にトークを鍛えた賜だろう。

ただ、彼女の雅彦に対する態度には、優しさや思いやりがまったく見られない。頼りなくて失敗ばかりの部下を指導する、厳しいリーダーそのものだった。

実際、沼に向けて出発する場面の撮影でも、大荷物を背負った雅彦は、カメラの前で浩美にお説教されたのである。準備が悪いだの、探検の目的をちゃんと理解しているのかなどと。まさに浩美が描いていた、情けない下っ端そのものだったろう。

（こんなはずじゃなかったのに……）

悔やんだところで、どうしようもない。

童貞を卒業したことで、探検隊でもうまくやっていけるに違いないと、雅彦は自信を持った。何しろ、初めてのセックスで、美貌の女子アナをイカせることができたのだから。怖いものなんてないというぐらいに思いあがっていた。

ところが、いざ撮影が始まると、いや、その前のロケに出発するときから、雅彦は浩美の言いなりであった。隊員の荷物をすべて持つよう指示したのも彼女だ。情けないことに、無茶な命令に対して抵抗も反論もできなかった。

肉体関係を持ったことで、安心していたのは間違いない。あれだけ親しくなれたのだから、浩美も優しく接してくれるだろうとたかをくくっていた。

しかし、彼女は会議室の一件など忘れてしまったかのように、いや、いっそ何事もなかったかのように振る舞ったのだ。

おかげで、あれは単なる過ち（あやま）だと一方的に通告された気がして、雅彦は強く出られなくなったのである。結局、初体験を済ませても、気弱な性格は少しも変わらなかったということか。

「ハイ、OK。それじゃ、もう少し上に近づいてから、また撮影しよう」

ディレクターが指示を出し、一行は再び黙々と歩き出す。だが、少しもいいところを見せられない雅彦は、次第に苛立ってきた。

このまま撮影が進んだら、みっともない姿を公共の電波で全国に流されることになる。視聴者数など限られているにせよ、非常にまずい状況だ。

(これもみんな、河口隊長のせいなんだよな)

恨みがましく思いつつ、しっかり「隊長」と認めているあたり、我ながら情けない。ともあれ、どうにか一矢報えないだろうか。

(こうなったら、本当にパンティラインでも撮影して、恥をかかせてやろうか)

だが、主役は浩美なのだ。この様子だと、出来上がりをしっかりチェックするだろうし、見つかったら編集でカットされるのは火を見るよりも明らかだ。

いや、逆にそれをネタにされ、いったい何を撮影しているのかと、雅彦が怒られる可能性もある。そうなったら恥の上塗りだ。

やはり自分には何もできないのだなと、自己嫌悪に苛まれる。気を紛らわせるために、雅彦は奈緒子のおしりをカメラで狙った。

脚の動きに合わせて、ぷりぷりと左右に揺れる豊かな丸み。ホットパンツも魅力的だが、ここはもっと露出がほしいところ。いっそ水着になってくれないかなと、身勝手な願望を抱く。

（いや、どうせなら全裸とか）

まったく、男の欲望には際限がない。

奈緒子の素尻を想像したせいで、またも浩美との交歓を思い出す。たわわなヒップにパンパンと腰をぶつけ、中にたっぷりと射精したことまで。

（河口隊長も、あのときは優しかったのになあ……）

終わったあと、『気持ちよかったわよ』とはにかんで告げ、ようやく軟らかくなったペニスにキスしてくれたのだ。そして、

『この番組が成功したら、もっとイイコトしてあげるわね』

と、期待させるようなことまで口にしたのである。それも、今となっては本当か嘘か定かではない。

（イイコトか……）

番組が成功したら、また性交してあげるということなのか。だったら嬉しいけれど、

そのために自分がこんな役回りを務めるのは御免こうむりたい。

格好よくなくてもいい。せめて人間らしい扱いをしてもらいたかった。このままでは隊員ではなく奴隷、いや、ほとんど家畜と変わりない。

(むしろ、おれが隊長を家畜みたいにして——)

バックから責めまくり、ヒィヒィよがらせたい。そんなことを考えてペニスを極限まで硬くしていたものだから、足下がおろそかになったようだ。

「うわっ!」

石に躓(つまず)き、みっともなくコケてしまう。

「何やってるのよ、バカ」

浩美の叱声がとぶ。

「す、すみません」

慌てて起きあがると、村藤も声をかけてきた。

「おい、カメラは無事だろうな?」

「あ、はい。だいじょうぶです」

「そんならいいけど、くれぐれも壊さないでくれよ」

「はい。すみませんでした」

謝るなり、目頭が熱くなる。自分のミスが恥ずかしかったのもあるが、誰も心配してくれないものだから悲しくなったのだ。

(結局、おれはその程度の存在ってことなんだよな)

ただの下働きで、命じられたことだけをする人間。代わりはいくらでもいるということだ。

やっぱり自分には、この仕事は向いてないのではないか。辞めたほうがいいのかもと落ち込んだところで、

「すみません。疲れたので、休ませてもらってもいいですか？」

奈緒子が手を挙げる。

「そうだな。だいぶ歩いたし、それじゃ二十分休憩」

ディレクターの号令で、一行はその場に坐り込む。雅彦も重いリュックを背中からおろした。

「ふうー」

肩が軽くなり、深く息をつく。しかし、心の重荷までは解消されず、気分は晴れなかった。

「このあたりにトイレなんてないですよね？」

奈緒子の質問に、村藤は「当たり前だよ」と答えた。

「なんだ、オシッコか？」

「はい。ちょっとモヨオしちゃって」

「だったら、そこらの山の中でするしかないな」

「そうですよね。それじゃ、ちょっと行ってきます」

腰を上げたグラビアアイドルが、不意にこちらを見おろしたものだから、雅彦はドキッとした。

「ひとりだと不安なので、北田さん、ついてきてもらっていいですか？」

「え、お、おれが!?」

「おお、行ってこい。迷子にならないように、ちゃんと道を憶えて行くんだぞ」

ディレクターにまでそう言われては、従わないわけにはいかなかった。

2

木々のあいだに入り込めば、真っ昼間でも陽が遮られる。道から数メートルほど離れただけで、そちらにいる他のメンバーが見えなくなった。

「ヘビとか出たらどうしよう。怖いなあ」

放尿する場所を探して歩く奈緒子は、本気で怯えているようである。可愛いところもあるんだなと、雅彦はほほ笑ましく感じた。

「だいじょうぶですよ。ヘビなら、おれが追い払いますから」

そう言うと、彼女は驚きを隠さずに振り返った。

「え、怖くないの？」

「はい。さすがにここまで山の中じゃないですけど、おれは田舎出身だから、ヘビくらい平気です」

「へえ。けっこう頼もしいのね」

感心され、雅彦は嬉しくなった。初めて一人前の男と認められた気がしたからだ。

「あ、そっちのほう、斜面になってるから危ないですよ」

「え、そう？」

「こっちのほうが、草があまりないみたいです」

先に立って奈緒子を案内し、安心して用が足せそうなところを探す。すると、おあつらえ向きの場所があった。そこは大きめの木が一本聳(そび)えており、根元には枯れ葉が平らに積もっているだけで、草がほとんどない。まるで、《ここにいらっしゃい》と誘っているかのようだ。

「ああ、ここがいいんじゃないですか？　木の陰で安心でしょうし」

「あ、ホントね」

奈緒子も嬉しそうに同意する。内股になっていそいそとやって来たのは、尿意がかなり高まっていたからではないか。

「じゃあ、おれは離れてますから」

雅彦が立ち去ろうとすると、木を背にした彼女が「あ、待って」と焦り気味に言う。

「ひとりにしないでよ。ヘビが出たら追っ払ってくれるんじゃないの？」

「え？　で、でも」

「ねえ、こっちに来て」

戸惑いながら近づくと、奈緒子は少しもためらうことなく、ホットパンツを脱ぎおろした。しかも、インナーも一緒に。

（まさか――）

唖然とする雅彦の前で下半身をあらわにし、しゃがみ込むグラビアアイドル。立ったままの雅彦には、秘められたところは見えなかったけれど、息を呑まずにいられなかった。

「ねえ、もうちょっと前に来て。誰か来ても見られないようにしてよ」

「あ、はい」

こんなところ、誰も来るはずがないと思いつつ、操られるみたいに前へ出る。股間が彼女の顔から三十センチと離れていないところまで近づいた。幸いにも勃起はおさまっていたが、エロチックな状況であることに変わりはない。

（こんなに大胆なひとだったなんて）

男の前で放尿することを、恥ずかしいと思わないのか。それだけヘビが怖いとも解釈できるが、だからと言ってここまでできるものなのか。

まあ、グラビアをやっているから、見られることには慣れているのだろう。水着や下着で、大胆なポーズをとることもしょっちゅうのはず。もちろん、オシッコをするところまでは撮らせていないにせよ、性器が見えないからかまわないと思っているのかもしれない。

間もなく、奈緒子の真下から、ジョボジョボと尿のしぶく音が聞こえてくる。膝を閉じているため、水流は見えなかった。

「ふうー」

彼女が安堵のため息をつく。だが、なかなか止まらないものだから、剝き身のヒップをモジモジさせた。

「やん。いっぱい出ちゃってる」

さすがに恥ずかしいのか、頰が赤らんでいる。落ち着かなく目を泳がせ、こんな状況を招いたことを後悔しているふうだ。

おかげで、雅彦もあやしい心持ちになった。

オシッコの匂いがたち昇ってくる。お茶と果汁のミックスというふうなそれは、グラビアアイドルの搾りたてなのだ。胸がドキドキと高鳴り、海綿体が血液を集め出す。

（あ、まずい）

ズボンの前が隆起する。しかし、手でおさえることはできない。それは勃起したと知らせるようなものだからだ。

幸いにも、彼女は俯きがちであった。どうか気づかれませんようにと願いつつ、雅彦は懸命に気を逸らそうとした。

一分近くも経って、ようやくせせらぎがやむ。出たものはすべて、枯れ葉の下の土に染み込んだようだ。

「はあー」

大きく息を吐いたあと、奈緒子がヒップをブルッと震わせる。それから、不意に顔を上げた。

「え？」

すぐ前の、男の股間が盛りあがっているのを見て、目を丸くする。

（しまった）

オシッコが終わったあと、すぐに離れればよかったのに。後悔しても手遅れだし、今さら隠すこともできない。

「モッコリしてる。あたしがオシッコしてるの見て、昂奮しちゃったの？」

彼女が愉しげに片八重歯をこぼし、愛らしく小首をかしげる。

「え、えと……まあ」

しぶしぶ肯定すると、奈緒子が目を細めた。

「ヘンタイ」

自分から見せたことは棚に上げて、からかう口調で言う。雅彦は居たたまれなくて肩をすぼめた。

だが、彼女が牡のふくらみに手をのばしたものだから、それどころではなくなる。

「え、ちょっと――あ、あうっ」

「おやおや、こんなところに怖いヘビさんがいるわ。それともカメさんかしら」

冗談めかして言い、八割がたふくらんでいたものを、しなやかな指でモミモミする。ズボン越しの愛撫でも、腰をよじらずにいられないほど気持ちよかった。

そのため、分身が完全勃起する。

「あら、硬くなっちゃった」

脈打つ牡器官に目を細め、奈緒子が思わせぶりに見あげてくる。

「ねえ、さっきもこんなふうに、オチンチンがカチカチになってたの？」

「え、さっきって？」

「わたしのおしり、ずっと見てたでしょ？　ていうか、カメラで撮ってたんじゃないの？」

雅彦は驚いたものの、ディレクターは事務所の了解済みだと言っていた。つまり、本人にも話が通っているのだろう。だったら誤魔化してもしょうがない。

「すみません。撮ってました」

素直に認めると、彼女がうなずいた。

「やっぱりね。すっごく視線を感じたもの」

ということは、事前に知っていたわけではなかったのか。要(い)らぬ懺悔(ざんげ)をしてしまったのかと、雅彦は悔やんだ。

「だから、ちょっとサービスしてあげたんだけどね。ショーパンを喰い込ませて、おしりも振ってあげたんだけど。気づいた？」

たしかにセクシーだとは感じたが、意図的だったとは知らなかった。

「いえ、あの……それは気がつきませんでした」

「ふうん。ま、でも、ちゃんと勃起してくれたんでしょ？」

「……はい」

「だったら、サービスした甲斐があったわ」

にこやかに述べた奈緒子が、さらに探るような眼差しを向けてくる。

「さっき転んだのも、ここが大きくなってたからでしょ」

きっとそうに違いないという口調で言われ、否定できなくなる。まあ、事実そうなのであるが。

「はい……すみません」

「ああ、いいのよ。それだけわたしのおしりが魅力的だったってことなんでしょ？むしろ光栄だわ」

「はあ……」

「でも、また転んじゃったら可哀想だし、スッキリさせてあげるね」

そう告げるなり、彼女がズボンのベルトを弛(ゆる)めたものだから、雅彦は慌てた。

「え、こ、小日向さん」

「奈緒子って呼んでいいわよ」

今の状況にはそぐわないことを言って、彼女はいそいそとズボンの前を開く。そして、中のブリーフごと足首まで脱がしてしまった。

ぶるん――。

あらわになった肉根が、振り子みたいに上下する。汗で蒸れた陰部の匂いがたち昇ってきた。

(ああ、見られた)

羞恥で耳まで熱くなる。

そこは浩美の前でも晒したけれど、だからと言って恥ずかしくないわけがない。おまけに、普段の生々しい臭気まで知られてしまった。

もっとも、下半身をあらわにしているのは奈緒子も同じだ。オシッコの匂いも嗅がれているから、おあいこだと思っているのかもしれない。

「ふふ、元気なオチンチン」

歌うように言って、彼女が屹立に指を回す。切ない快美が腰を震わせ、雅彦は「あうう」と呻いた。

「とっても硬いわ。ちょっとベタベタしてるけど。でも、重い荷物を背負って、頑張ったからだもんね」

張り詰めて光を鈍く反射させる亀頭に、奈緒子は語りかけていた。敏感な粘膜に温かな息がかかり、背すじがゾクッとする。

だが、特に汚れやすいくびれ部分や、陰嚢と太腿のあいだ——鼠蹊(そけい)部までクンクンしたものだから、さすがに居たたまれなくなった。

「ちょっと、奈緒子さ——」

「いい匂い……あたし、男のひとの匂いって、大好きなんだ」

うっとりした表情を見せられ、雅彦は戸惑った。浩美も男の股間臭に情感を高めていたようだったが、奈緒子はそれ以上にフェティシズムな感動にひたっている様子である。

いや、匂いだけではなかった。

「ねえ、ちょっと脚を開いてくれる?」

「え、こ、こうですか?」

恥ずかしさにまみれつつ、脚の角度を三十度ぐらいまで広げると、彼女がそそり立つものの真下に顔を寄せた。

ペロリ——。

縮れ毛にまみれた玉袋が、いきなり舐められたのである。

「うああ」

あやしい悦びが生じて、雅彦はたまらずのけ反った。

奈緒子は嚢袋に舌をねっとりと絡みつかせ、さらにはタマをひとつずつ口に含み、転がすことまでする。牡の急所が性感帯であるのは、浩美に手で射精に導かれたときに学んだが、しゃぶられるのはそのとき以上に気持ちよかった。

（うう、タマらない）

などと駄洒落（だじゃれ）を言っている場合ではない。

ペニスがいく度も反り返り、下腹をぺちぺちと叩く。溢れたカウパー腺液が、粘っこい糸を何本も繋げた。

陰嚢を唾液まみれにすると、彼女は鼠蹊部にも舌を這わせた。汗じみたそこは、アポクリン腺があるから匂いも強いはず。けれど、少しも厭うことなくねぶる。匂いだけでなく、味も好きなのだろうか。

もっとも、どんな味がするのかなんて、雅彦にはわからない。わかりたいとも思わない。

ただ、奈緒子のものは味わってみたい。浩美に奉仕したように、クンニリングスで感じさせてあげたい。今は放尿したばかりだから、オシッコの香りや味が強いのではないか。

そんなことを考えているあいだに、舌が上昇する。血管の浮いた肉胴を下から上へと何度も舐めあげられ、分身がビクンビクンとしゃくりあげた。

「敏感なのね。ひょっとして、経験ないの?」

いちおう童貞ではない。しかし、浩美との関係を勘繰られないとも限らないから、雅彦は黙っていた。

すると、彼女はそれを肯定だと解釈したようだ。

「そっか……まだエッチしたことないのね」

どことなく嬉しそうにつぶやく。ひょっとして、初体験の相手をするつもりでいるのか。

しかし、それを確認する前に、いきり立つ強ばりが温かな口内におさめられた。

「あ、あああっ」

焦りと快感でパニックに陥(おちい)った雅彦であったが、チュパッと舌鼓を打たれて腰が砕けそうになる。

(そんな……奈緒子さんまで——)

フェラチオは浩美にもされたけれど、相手が違えば新鮮な感動がある。まあ、経験が少ないのだから当然か。

奈緒子のほうが口の中が温かく、舌もとろりと柔らかだ。チュウチュウと強く吸いたてられると、体内のエキスが奪われていく感じがする。

(気持ちよすぎる……)

息が荒ぶり、膝が笑う。立っていることが困難になり、雅彦は手をのばすと、彼女の背後にある木に摑まった。

「くはぁっ！」

のけ反って喘ぎの固まりを吐き出したのは、さんざんしゃぶられた陰嚢を揉み撫でられたからだ。サオとタマのダブル攻撃に、ゾクゾクする快美が体幹を貫く。頭の芯が快感で絞られるよう。

(あ、まずい——)

歓喜のトロミがせり上がってくる。爆発の予感に、雅彦は必死で腰をよじった。

「だ、ダメです。出ちゃいます」

切羽詰まった訴えに、奈緒子も焦ったように口をはずした。口内発射をさせるつもりはなかったらしい。

ただ、彼女はスッキリさせると言ったのである。では、最後は手で導いてくれるのかと思えば、唐突に上着の前をはだけたものだから驚いた。しかも、タンクトップも胸の上までたくし上げたのだ。

（わわっ——）

下に着けていたのは普通のブラジャーではなく、明らかに水着であった。カップが白い三角形で、小玉スイカみたいな巨乳を半分も隠していない。

それだけでも充分すぎるほどセクシーなのに、奈緒子はその水着も躊躇なくずり上げてしまった。

たぷん——。

大きくはずんであらわになる、輝かんばかりに白い乳房。透けるような肌に薄青い静脈が浮いている。

雅彦は言葉もなく、グラビアアイドルのナマおっぱいを見つめた。彼女の水着や下着の写真なら見たことがあるけれど、それらはもちろん、乳頭などあらわにしていない。せいぜいポッチの在り処が確認できる程度であった。

ところが、今は大きめの乳暈ばかりか、右側だけ陥没気味の突起までも晒している。色は赤っぽいピンク。浩美との行為では、服の上からさわっただけであったから、リアル乳房を目の当たりにするのは、母親を除けば初めてだ。

雅彦はゴクリとナマ唾を呑んだ。エロチックなのは確かだが、迫力にも圧倒されてしまう。

「じゃ、最後はおっぱいで出させてあげるわね」

奈緒子が笑顔で言い、片膝をついて伸びあがる。両手で捧げ持ったたわわなふくらみで、唾液に濡れた淫棒を左右から挟み込んだ。

「あ、ああ……」

ぷにっと柔らかなお肉に包まれた分身が、歓喜の脈打ちを示す。手とも口とも、それから女膣とも異なる感触に、全身が震えた。

「おっぱいも気持ちいいでしょ？」

口許をほころばせた彼女は、巨乳を上下させて屹立をこすった。双房を同時に、あるいは互い違いにするなど変化をつけて。すべりが悪いようだと判断すると、谷間にクチュッと唾液を垂らす。

「ああ、ああ、くはぁ」

雅彦は腰をガクガクと震わせ、与えられる快感に喘いだ。

（これがパイズリ――）

アダルト漫画やＡＶで目にしたことのある愛撫方法である。それを自分がされる日が来るなんて、想像もしていなかった。

なめらかな肌が、唾液でヌルヌルとすべる感触がたまらない。セックスやフェラチオよりも刺激が強いのに加え、幼子にお乳を与えるための神聖なものでペニスをこすられる背徳感も、悦びを高めてくれた。谷間から時おり顔を覗かせる亀頭も赤みを増し、破裂しそうに膨張している。

おかげで、たちまち頂上が迫ってきた。

「ああ、あ、出ます」

荒ぶる呼吸の下から告げると、奈緒子が愉しげに片八重歯をこぼした。

「いいわよ。いっぱい出して」

おっぱいの上下動が速まる。ニチャニチャと淫靡な音がこぼれ、それがオルガスムスへと誘う号砲となった。

「あ、あ、いく、出る――」

目がくらみ、歓喜の波がからだの隅々にまで行き渡る。熱いエキスがペニスの中心を勢いよく駆け抜けた。

びゅくッ、ドクッ、ドクンっ――。

ザーメンがいく度も噴出する。けれど、先端は乳房に埋まっていたから、白濁液が外に溢れることはなかった。

そして、出ているあいだもニュルニュルとこすられることで、腰椎(ようつい)が砕けそうな快感が生じる。

「くはっ、は――ああ……」

雅彦は呼吸を荒くしつつ、どうにか坐り込むことを堪えた。

「ふうー」

ひと仕事終えたみたいに息をついた奈緒子が、乳房をそろそろと後退させる。満足を遂げて軟らかくなった肉根が、谷間から糸を引いてこぼれ落ちた。

「ティッシュかハンカチ持ってる?」

訊ねられ、雅彦は現実に引き戻された。

「あ、はい」

慌てて上着のポケットを探り、ポケットティッシュを取り出す。そのまま渡そうとしたものの、彼女は両手で乳房を支えており、手が使えないのだ。

「おっぱいを開くから、精液が垂れる前に拭いてね」

「はい」

雅彦が薄紙を二組ほど引き出して準備するのを見届けてから、奈緒子が巨乳を割り開く。あらわになった谷間には、多量の白濁液があった。しかも、かなり濃くてドロドロしたものが。

おかげで流れることなく、肌に張りついている。それでも、重みで垂れ落ちそうになったから、雅彦は急いで自身の体液を拭った。さらに何組もティッシュを出して、唾液と粘液で濡れた柔肌を清める。

（おれ、奈緒子さんのおっぱいに出しちゃったんだ……）

漂う青くさい匂いに実感が強まる。だが、綺麗に後始末をし、乳房が水着とタンクトップの中にしまわれてしまうと、あれは本当にあったことなのかと、夢でも見ているような心持ちになった。

「オチンチンも拭いたら？」

奈緒子に言われてハッとする。見おろすと、うな垂れた分身は先端に半透明の雫（しずく）をぶら下げていた。

「あ――」

頬を火照(ほて)らせつつ、亀頭を拭う。それから急いでブリーフとズボンを引っ張りあげた。

「ティッシュ貸して」

言われて渡すと、彼女は一組取り出して自らの秘部を拭いた。出し終えてから時間が経ったし、オシッコはすでに乾いていると思うのだが。これは女性としてのたしなみなのか。

「うー、足が痺れちゃったかも」

しかめっ面(つら)を見せて、奈緒子が立ちあがる。フラついたものだから、雅彦は焦って手を貸そうとした。しかし、助けは不要であった。ナイスバディを維持するために、普段から鍛えているのか、すぐに真っ直ぐ立ったのである。

膝に止まっているインナーは、よく見ればトップと同じ白い水着だった。それを引き上げたとき、綺麗に整えたヘアがチラッと見えた。

ふたりとも身繕(みづくろ)いを済ませると、使ったティッシュを枯れ葉の下に隠す。

「さ、行きましょ。みんな待ってるかしら」

明るい声で言われ、雅彦は気持ちがすっと楽になるのを覚えた。性的な意味ばかりではなく、本当にスッキリした気分だった。

もっとも、先を歩く奈緒子のあとに続きながら、ぷりぷりとはずむホットパンツのおしりに、またも見とれてしまったのであるが。

(今度はアソコからオシッコが出るところを見せてもらいたいな)

などと、卑猥な願望まで抱く始末。

パイズリまでしてくれたのだから、いずれもっと親密な関係になれるかもしれない。浩美がイイコトをしてくれるのはまだまだ先のようでも、奈緒子なら期待できるかも、と、都合のいいことを考える雅彦であった。

3

河童が出るという緑ヶ沼は山頂の近く、景色が開けたところにいきなり出現した。

「おお、ここだ、ここだ。着いたぞ」

ディレクターが大きな声をあげる。それから後ろの一行を振り返り、

「それじゃ、沼を発見するシーンを撮ろう」

と、声をかけた。

カメラとマイクが準備され、探検隊が沼に着いたところを何パターンか撮影する。

村藤や浩美の指示で動き、相変わらず厳しいことも言われながら、雅彦は意外と大きな沼を眺めた。対岸まで百メートル近くありそうだ。

（ここに河童が――ま、いるわけないけど）

もっとも、仮に現れたとしても不思議ではない雰囲気がある。水中に藻が群生しているのか、緑色に淀む水面はどこか不気味であった。おそらく入浴剤を入れた風呂よりも透明度は低いであろう。

途中、休憩を取ったぶんを引いても、沼に着くまで要したのは一時間半足らずであったろう。思っていたよりも早く着いた。帰りは下り坂だから、ずっと楽なはず。ただ、せっかく来たのだから、何かそれらしきものを撮影したい。

「じゃあ河童の探索といこうか。カメラは適当に回してるから、みんなはそれっぽく動いてくれ。何か発見したら、すぐに報告してくれよ」

「わかりました。それじゃ、みんな、行くわよ」

浩美が声をかけ、奈緒子と雅彦が続く。まずは沼のまわりをぐるりと歩いてみるようだ。

周囲には草が繁っていたものの、丈は膝ぐらいまでしかない。道はなくとも、歩くのに支障はなかった。

ただ、水辺だから両棲類や爬虫類の類いが現れる可能性がある。カエルぐらいならいいが、ヘビが出たら女性陣は悲鳴をあげるだろう。それでは探検隊としてあまりに情けない。

（待てよ。それでおれが、すぐにヘビを退治すれば、河口さんも認めてくれるんじゃないのかな）

そして、探検隊での扱いもマシになるのではないか。

思ったものの、それは甘い考えのような気がする。だいたい、悲鳴をあげるようなみっともない場面など、浩美はカットを要求するだろう。下っ端のヒーローじみた行動も同様に。

つまり、何があっても状況に変化がないということだ。

夢も希望もないなと、暗澹たる気分に苛まれつつ、雅彦はカメラを奈緒子の下半身に向けていた。それをときどき沼のほうにパンする。もしかしたら、河童を撮影できるかもしれないからだ。

「ふもとから六時間も歩いて、ようやく着いたわけですが、とても静かな沼です。ひっそりして、いかにも未知の生き物が棲んでいそうです」

浩美が視聴者向けの独白を入れる。六時間というのは大嘘だが、けっこう真面目に

隊長を務めているようだ。かと思えば、

「副隊長、沼に入ってみる？」

と、無茶な話を振ったりする。

「え、沼にですか？」

奈緒子が戸惑いを隠さずに問い返した。

「そうよ。あなた、下に水着をきてるんでしょ？」

「ええ、まあ……」

「だったらかまわないじゃない。副隊長のナイスバディに魅せられて、河童の牡がやって来るかもしれないわ」

そこまで言われて、奈緒子が難色を示したのは、いかにも沼というおどろおどろしい水景に臆したからであろう。水着を中に仕込んでいるのだから、脱ぐことに関して抵抗はないはず。

「だけど、ここ、何かいそうですよ」

水面を眺めて顔をしかめるグラビアアイドルに、浩美は「それもそうね」と同意した。

「底まで全然見えないし、河童に足を引っ張られるかもしれないわね」

大真面目にうなずく女隊長に、奈緒子は何か言いかけたものの、すぐに口をつぐんだ。彼女が『何かいそう』だと言ったのは、そういう存在の不確かなもののことではなく、もっと現実的なヌルヌル系の水棲生物なのだろう。あるいはヘビとか。

もっとも、そんなことを口にしたら、探検隊の意義が損なわれてしまう。だから黙り込んだのだ。

「じゃあ、もっと水の綺麗なところを探しましょう。そこならきっと入れるわ」

浩美はどうあっても奈緒子を水着姿にしたいらしい。これも視聴率アップを目論んでなのか。

「まあ、綺麗なところなら……」

奈緒子はしぶしぶ了承した。ただ、この沼にそんな綺麗な場所があるとは思えなかったが。

そのとき、視界の端で何かが動いた気がした。

（え？）

雅彦は反射的にカメラを沼のほうに向けた。

対岸には、背の高い草や低木が生えている。後ろ側に誰かがいてもわからないぐらいに、鬱蒼（うっそう）とした感じだ。

そのちょうど手前、水面に波紋が立っている。何かが飛び込んだのではないか。

（カエル……いや、水鳥が飛び立ったのかな？）

だが、羽音は聞こえなかったよなと思ったとき、水の中から何かが現れた。小動物ではない。人間ぐらいの大きさがありそうなものだ。

いや、人間なのか。波をほとんど立てずに、すーっと流れるように泳ぐ。

（まさか――）

緊張でからだが強ばる。緑色の肌をしたその人物（？）はおかっぱ頭で、背中に甲羅みたいなものが見えたのだ。

「か、かかか、河童だ！」

自分でもびっくりするぐらいの大きな声が出た。それに驚いたのか、一瞬だけこちらを見たその生き物は、水際の草をかき分けるようにして、向こうへ行ってしまった。

「え、河童？」

「いたの!?」

他の面々が駆け寄ってくる。

「は、はい。あの、向こうに――」

けれど、雅彦が指をさしたときには、そこに何もいなかった。ただ、水面に波紋が広がっているだけで。

「いないじゃないか」

「見間違えたんじゃないの？」

「い、いいえ、確かに……あ、そうだ。カメラに」

雅彦は録画を停止させると、撮影したものをモニター画面で確認した。一同も、それを覗き込む。

「うーん、これか……」

村藤が唸るようにつぶやく。そこには雅彦の目撃したものがいちおう映っていたものの、驚きと緊張で手が震えたらしい。かなり画面が揺れていたのだ。

「ブレブレじゃない」

浩美が不満げになじる。カメラの小型モニターでもこれだから、普通のテレビ画面に映したら、もっとわかりづらいのではないか。

「たしかに、何かいたのは間違いないようだな……うん。おれには河童に見える。よく撮ったな」

ディレクターに褒められたのは嬉しかった。しかし、

「でも、これじゃ視聴者は納得しないわよ。一コマでも姿が確認できれば別だけ

ど。ったく、せっかくのチャンスだったのに、使えない男ねえ」

河口隊長は相変わらず厳しい。だが、スクープ映像をモノにできなかったのは事実だから、雅彦は激しく落ち込んだ。


その日は他に何も発見できず、一行は宿泊先に戻った。

「まあまあ、ご苦労さんでしたなあ」

老婆がねぎらいの言葉で迎えてくれる。その晩は、地元の野菜をふんだんに使った料理でもてなされた。ご飯も美味しくて、何杯でもおかわりができそうだ。味噌汁にはジュンサイも入っていた。

「ありがとうございます。こんなにたくさんのご馳走を出していただいて、何とお礼を言えばいいのか」

浩美が感激の面持ちで礼を述べると、老婆は歯が半分もない口を開けて、嬉しそうに笑った。

「いやいや、滅多にひとも来んさけえ、こげな若いひとらに泊まってもらうだけでも、おれはありがてえんだ」

素朴な人柄に触れ、一同はほっこりした気分になった。奈緒子など、田舎のおばあちゃんを思い出したからと、老婆の肩を揉んであげた。

「ああ、気持ちええなあ。ありがとぉなあ」

本当に気持ちよさそうなお礼の言葉にも、みんなの頬が緩んだ。

「あ、そう言えば、お孫さんがいるっていう話でしたけど」

浩美が思い出したように訊ねる。孫娘がいると聞いていたのに、昼前に到着したときも、それから今も、まったく姿が見えないからだ。

「いやあ、なんせ、ずぅーっとこげなとこに住んどるもんで、ひとに慣れておらんのさ。ひと見知りっつうのか？　部屋にこもっとるわ」

「まあ、それは申し訳ありません。わたしたちのせいで、お孫さんに気詰まりな思いをさせてしまって」

「いやいや、そんな気にせんといてくらんし。わりいのはウチの孫だすけ。はたちにもなって、ほんに困ったもんら」

「でも、ご飯は？」

「心配せんでも、ちゃんと部屋で食っとるすけ」

夕餉（ゆうげ）のあとは順番に入浴し——もちろん雅彦が最後だった——一行は早めに床に就いた。とにかく、何か怪しい生き物がいることはわかったので、明日は早くから沼に向かう予定であった。

あてがわれた部屋は、女性ふたりは客間で、男性陣は仏壇のある座敷だ。どちらも十畳以上あり、申し分のない広さである。蒲団も客用の、ほとんど使われていないふかふかのものだった。

それはいいのだが、常夜灯の薄明かりに照らし出される古めかしい仏壇と、鴨居の上に並んだ先祖の遺影が不気味に感じられ、雅彦はなかなか寝つかれなかった。

田舎出身だから、実家にも仏間がある。けれど、そこは普段ほとんど出入りすることなく、法事などの特別なときに、厳かな気持ちで臨む部屋であった。それに、小学生のときに好きだった祖父が亡くなり、その遺影が飾ってあったものだから、余計に入りたくなかったのだ。直視したくない、人間の死を実感させられるから。

ここは他人の家だけれど、仏壇や遺影は様々なことを思い起こさせる。そのため、疲れていたのに眠れなかったのである。先に寝ついた村藤の鼾も気になり、ますます目が冴えてきた。

(ちゃんと眠らないと、明日に差し支えるぞ)

自らに忠告し、瞼を閉じて眠れ眠れと念じる。そのうち、ようやくうとうとしかけてきた。

　ところが、座敷の引き戸がかすかな音を立てて開いたため、ドキッとして目が覚める。雅彦は出入り口に近いところにいたから、すぐにわかったのだ。

（え、誰だ？）

　この家の老婆が様子を見に来たのだろうか。しかし、薄目で窺ったシルエットは、腰の曲がった彼女とは明らかに別人だった。

（まさか、泥棒!?）

　田舎の家だから、戸締まりなどしていないに違いない。簡単に忍び込めるであろうし、箪笥（たんす）預金を狙っているのかもしれない。

　ここは大声を出すべきだろうか。いや、逆上した泥棒が、強盗に早変わりしないとも限らない。それに、もしも武器を持っていたら、命に関わる恐れがある。

　とにかく、まずは様子を見たほうがいいと、雅彦は眠ったフリを続けた。もちろん薄目を開けていたが、常夜灯の淡い光の下では、向こうも気づかないはず。

　そして、その人物が枕元を通り過ぎたとき、顔がチラッと見えたのだ。

（え!?）

　さっきと別の意味で胸が高鳴る。侵入者は女の子——いや、若い女性だったのだ。それも、寝間着らしいシンプルな浴衣（ゆかた）姿の。

ひと見知りだという、この家の孫娘なのか。老婆は二十歳だと言っていたが、薄明かりの下ではもっと幼い感じに見えた。

正体が判明して、雅彦は安堵した。きっと、座敷に何か必要なものがあって、それを取りに来たのだろう。ひと見知りだから、みんなが寝つくのを待って。

だったら気にする必要はないと思いつつ、雅彦は彼女の動きを目で追った。何を取りに来たのか気になったのだ。

そして、若い娘が自分やスタッフたちの荷物のところへ真っ直ぐに進んだものだから、（あれ？）と思う。

部屋の隅に固めて置いてあるのは撮影機材や、個々の着替えなどが入ったバッグである。彼女はそこにかがみ込み、何やら物色しているようだ。

（じゃあ、やっぱり泥棒——）

宿泊客の荷物を狙い、忍び込んできたのか。もしかしたら最初からこれが目的で、撮影クルーを泊めたのかもしれない。

だとすると、老婆もグルということになる。

歓待したのは油断させるためで、娘が顔を見せなかったのも、あとで犯人だと疑われないようにするためではないのか。自室にこもっていたと言い訳できるし、外から忍び込んだ者が盗んだと主張され、それらしき侵入の痕跡でも見せられれば、誰もひと好きのする老婆を疑ったりしないはず。

（つまり、おれたちはカモにされたのか）

　怒りに震えた雅彦であったが、さすがにそれは考えすぎかと気を静める。あのお婆さんがひとを騙すなんて、とても信じられなかったからだ。

　しかし、孫娘が部屋に侵入しているのは事実である。間もなく、彼女が手にしたものは、小型のビデオカメラであった。

（あ、おれの――）

　正確には局の撮影機材であるが、雅彦がずっと持っていたものだ。それだけを大事そうに抱えて、娘は忍び足で座敷を出て行った。

（……カメラが欲しかったのかな？）

　だが、ひと見知りで他人との交流を避けるような娘が、そんなものを欲しがるとは思えない。ひとりであれこれ撮影したって、つまらないだろうし。

　だったら、何か理由なり事情なりがあるのか。気になって、雅彦はそっと蒲団を抜け出した。座敷を出て、娘が去ったであろう方向へ進む。かすかな軋み音から、彼女が二階へ上がったのがわかった。そちらに部屋があるのだろう。

やけに急な昔ながらの階段をあがると、短い廊下がある。娘の部屋はすぐにわかった。引き戸から明かりが洩(も)れていたのだ。

ノックするのが礼儀であるが、こちらは無断侵入されたのだ。その必要はあるまい。それに、鍵(かぎ)をかけられても困る。

雅彦は足音を忍ばせて引き戸の前に進むと、いきなりそれを開けた。

「あ――」

こちらを向いて小さな声を洩らしたのは、さっき目撃した浴衣姿の娘だった。畳に敷いた蒲団の上にちょこんと坐り、手にしたビデオカメラのモニターを見ていたらしい。

「そのカメラ、どうして持ってきたの？」

眉間にシワを刻んで睨(にら)むと、彼女は情けなく顔を歪めた。

4

娘は亜矢(あや)という名前だった。このお宅が沙原(さはら)家だから、沙原亜矢。両親と妹は東京住まいだが、彼女は高校卒業後、父の実家であるこの家に来たという。

「ひょっとして、おばあちゃんの面倒を見なさいってことで？」

訊ねると、亜矢は困った顔を見せながらも、小さくうなずいた。

「おれは北田雅彦っていうんだ。トングテレビでＡＤ——アシスタントディレクターの仕事をしてるんだよ」

自己紹介をすると、彼女は「はあ、どうも」と頭を下げた。ビデオカメラを盗った後ろめたさからか言葉少なだが、老婆が言ったようにひと見知りという感じはしない。ちゃんとこちらの目を見ているからだ。

亜矢の部屋は、必要最小限のものしか置いてない。和箪笥に鏡台と、古い本棚。文机もあって、その上には場違いな最新型のパソコンがあった。

彼女は昔からここに住んでいたわけではないとのことだし、家具も他の部屋から有り物を持ち込んで並べたというふうだ。座敷牢とまでは言わないが、幽閉されている雰囲気がある。

だが、そんなこと以上に雅彦の関心を引いたのは、他ならぬ亜矢自身だった。

明かりの下で改めて向き合うと、二十歳の娘はかなりの美貌の持ち主であった。目許と頬にあどけなさが残っているが、それが愛らしい魅力を際立たせている。おかっぱに近いショートヘアが、よく似合っていた。

その髪型が、ある記憶と結びつく。

(あ、ひょっとして――)

雅彦は不意に悟った。彼女がビデオカメラを持ち去った理由を。

「あの、亜矢さんって、ひょっとして今日の午後に、山の上の沼にいなかった?」

この質問に、浴衣の細い肩がビクッと震える。やはりそうだったのだ。

(なんだ。あれは河童じゃなくて、亜矢さんだったのか)

カメラを無断拝借したのは、撮影されたと知って、どんなふうに映っているのか確認するためだったのではないか。とは言え、河童に化けて撮影クルーを騙そうとしたわけではなさそうだ。

「あの沼で何をしてたの?」

質問を重ねると、彼女はしぶしぶというふうに答えた。

「あれは……ジュンサイを採ってたんです」

「え、ジュンサイって、今夜の味噌汁に入ってた?」

「はい。ただ、べつに皆さんのためじゃなくて、わたしが食べたかったから採ってたんですけど。それで、あそこで撮影するなんて知らなかったから、北田さんの声でびっくりしたんです」

その前にも、スタッフと出演者であれこれ話をしていたと思うのだが。そのときにはジュンサイ採りに夢中で気がつかなかったのか。

「あの沼でジュンサイが採れるの？」

「はい。わたしがいたあたりだけですけど」

「でも、ジュンサイって綺麗な水のところでなきゃ採れないって聞いたことがあるけど」

「綺麗ですよ、あの沼の水は。藻が多いから、緑色に濁って見えますけど。だいたい、綺麗じゃなかったら、わたしだって中に入りません」

それもそうかと、雅彦は納得した。

「じゃあ、カメラを勝手に持ってきたのは、どんなふうに撮られたのか気になって？」

「はい。皆さんが帰ってらしたときに、話してる声が聞こえたんです。もっとはっきり映っていればとか、あんな小さなカメラじゃダメだとかって。それで撮影されたってわかったから、まずいかもと思ったんです。最悪、映像を消すつもりでいました」

「え、どうして？」

「だって、ハダカを撮られたんですよ」

ふくれっ面で言われ、雅彦は驚きで目を丸くした。

「裸って……じゃあ、水着なしで泳いでたの⁉」

「はい。どうせ誰も来ないし、いちいちそんなのに着替えるのも面倒だから」

「でも、なんか緑色に見えたけど」

「ああ。それは藻です。本当にたくさん生えてるから、からだにまとわりついて緑色に見えたんだと思います」

「あと、背中に甲羅みたいなのも」

「ジュンサイを入れる竹籠（たけかご）を背負ってましたけど」

完全に見間違いだったと知って、雅彦はがっかりした。河童なんているがはずないと思っていたけれど、あれを目撃して、ひょっとしたらという気持ちになっていたのである。しかし、やはりいなかったのか。

（もしかしたら、以前にもジュンサイを採る亜矢さんを目撃したひとがいて、それで河童の噂が広まったのかもしれないぞ）

ひと騒がせなと思ったものの、本人に誰かを欺（あざむ）こうという意志はなかったのだ。誰を責めることもできない。

それでも、念のために確認してみる。

「あの沼に河童なんていないよね？」

「え、河童？」

亜矢が、鳩が豆鉄砲を食らったような顔をする。

「ああ、いや、何でもない」

雅彦はかぶりを振った。いい大人たちが河童を求めてやって来たなんて、今さら恥ずかしく思えたのだ。

幸いなことに、亜矢は探検隊の目的までは知らないらしい。老婆にも、山のいい景色のところをテレビ用に撮影するとしか話していないのだ。ここは適当に誤魔化さなければと話題を変える。

「でも、亜矢さんはひと見知りだって聞いたけど、全然そんな感じがしないね」

そう言うと、彼女は露骨に顔をしかめた。

「それ、おばあちゃんが言ったんですよね？」

「う、うん。そうだけど。実際、おれたちの前に姿を見せなかったし」

「それは、おばあちゃんに止められたからです。お前は出てくるなって」

「え、どうして？」

「若い男がいるからって」

それはつまり自分のことなのかと、雅彦は戸惑わずにいられなかった。

「ウチの親は、男女交際に関してすごく厳しいんです。まあ、おばあちゃんもなんですけど。高校は女子校でしたし、大学なんてチャラチャラした男がたくさんいるからって、こういう田舎に住まわせてるんですよ。まあ、いちおうネットを使った通信教育で、大学の勉強はしてるんですけど」

文机のパソコンは、そのためにあるのか。田舎でも、ネット環境はちゃんと整っているようだ。

「で、おばあちゃんも両親に賛同して、わたしをあまり外に出さないんです。今日だって、こっそりジュンサイを採りに行ったら、あとでものすごく叱られちゃいました。もしもハダカを撮られたなんて知られたら、殺されちゃうかもしれないですね」

亜矢がさらりと物騒なことを言う。つまり、箱入り娘ということか。いや、この場合は箱入りではなく、籠の鳥と表現すべきかもしれない。

(今どき、そんな家庭があるなんて……)

いや、逆に今どきだから、そうでもしないと娘を守れないとも言えよう。ともあれ、自由を奪われた状況にもかかわらず、彼女がやけにさばさばしているのも気になるところだ。

「えと、亜矢さんは、今のままでいいと思ってるの？」

「んー、昔からうるさく言われてきたから、慣れちゃったっていうのはあるかもしれないですね。ただ、両親も、本当はわたしを手放したくないんです。なのに、田舎に来させたのは、わたしが悪い男の毒牙にかからないように心配してのことなんですから、むしろ有り難いって感謝してます」

「へえ……」

「それに、わたしは東京よりも、こういう自然の多い田舎のほうが好きですから。もちろん、おばあちゃんも」

笑顔で答えられ、雅彦は図らずも感動してしまった。

(いい子なんだな、亜矢さんって)

それこそ、今どき滅多にいないような、素直で純真な子だ。おまけに可愛いのだから、男が放っておくまい。田舎に避難、というより隔離させたのは、なるほど正解だったろう。

自然が好きだというのも、無理をして言っているわけではなさそうだ。実際、ひとりで山の上の沼まで、ジュンサイを採りに行ったのだから。それも、自分がそれを食べたいという理由だけで。おまけに、素っ裸で泳ぐなんてこともやってのけたのである。

(……そうか。亜矢さん、裸だったのか)

今さら胸がドキドキしてくる。遠目でまったくわからなかったとは言え、肌を晒した本人が目の前にいるのだから。

「あ、それで、あの映像なんですけど」

「え？　ああ、うん。なに？」

「さっき確認したら、ほとんど映ってなかったし、わたしだってこともわからないから、べつにどうされてもかまわないんですが」

「じゃあ、消さなくていいんだね？」

「はい。ただ、あれがわたしだってこと、他のひとには黙っていてほしいんです。恥ずかしいから」

お願いされ、雅彦がすぐにうなずかなかったのは、他のメンバーにどう説明すればいいのかと考えていたからだ。

あれは河童ではないと伝えたら、ではいったい何者なのかと突っ込まれるのは確実である。かと言って事実を知った今、本物の河童だと押し通すことはためらわれる。

もしかしたら、あれが公共の電波に乗るかもしれないのだから。

（まあ、テレビのヤラセなんて、日常茶飯事だろうけど）

視聴者だって端から信用しないに決まっている。だったら、知らぬ存ぜぬで押し通せばいいのではないか。

そんなことを考えて黙りこくっていたものだから、亜矢に誤解されてしまったらしい。

「やっぱりダメですか？」

悲しげに訊ねられ、我に返る。

「え？　ああ、いや、そういうわけじゃなくて――」

誰にも言わないと、すぐに告げればよかったのである。ところが、彼女が思いがけない条件を口にしたものだから、言葉を失ってしまった。

「黙っててくれたら、わたし、北田さんにイイコトしてあげます」

イイコトがどんなことなのか、亜矢ははっきり述べたわけではない。しかし、雅彦が反射的に思い出したのは、浩美に言われた『この番組が成功したら、もっとイイコトしてあげるわね』という約束であった。

おかげで、彼女との初体験や、さらに奈緒子のパイズリまでもが脳裏に蘇る。瞬時に様々なことが頭の中を駆け巡ったために、絶句状態に陥った。

それを亜矢は、イエスの意味だと捉えたようだ。

「いいですよね、それで。じゃ、ここに寝てください」

彼女に指示されて、雅彦は暗示にかかったみたいに動いた。


蒲団に仰向けで横たわると、二十歳の娘がいそいそと下半身に移動する。雅彦は上はTシャツで、下は寝間着代わりにスウェットパンツを穿いていたのだが、彼女は迷うことなく下半身の衣類に手をかけた。

そうなれば、イイコトがどんなことかなんて、いちいち訊ねるまでもない。

「あ、あの、亜矢さんは、これまで男性と付き合った経験がないんだよね？」

焦り気味に訊ねると、「そうですよ」と軽く返された。

「だったら、こういうことをするのは——」

「たしかに経験はないですけど、私だって年頃だから興味はあります。それに、いっぱい勉強してるんですよ」

そう言って、亜矢がチラッとパソコンのほうを見る。どうやらネットでその手の情報を得ているらしい。

ネット上には無修正の画像やムービーがいくらでもある。モザイクなしで様々な性愛行為を学ぶことができるのだ。

仮にそこまで露骨なものを見ていないとしても、テキストだけでも多種多様な体験談が読める。わからないことがあったら、ポータルサイトなどで質問すればいい。

(ご両親と住んでいれば、パソコンの履歴もチェックされたんだろうけど)

怪しいサイトを閲覧していないか、SNSで男と交流していないかと、厳しく監視されたに違いない。しかし、如何せん同居しているのが祖母では、そこまで調べるのは不可能だろう。つまり、ネットに関しては、彼女はやりたい放題ということ。

「おしりを上げてください」

言われて、雅彦はつい従ってしまった。スウェットパンツが中のブリーフごと、簡単に脱がされる。

途端に、両頬が火でも点いたみたいに熱くなった。

ペニスを見せた女性は、亜矢で三人目だ。けれど、これまでのふたりよりも、ずっと恥ずかしい。相手が穢れなき処女だから、そんなものを見せていいのかという罪悪感が生じるからだろう。

ところが、亜矢のほうは少しもショックを受けた様子がない。予想もしなかった展開に置いてきぼりを食い、萎えたままの牡器官を目にして、嬉しそうに口許をほころばせた。

「わあ。ナマのオチンチン」

口調からして、初めて目の当たりにしたのは間違いあるまい。幼いときに、父親のものを見たかもしれないけれど。

「これ、もっと大きくなるんですよね？」

「う、うん」

「じゃあ、わたしが大きくしてあげますね」

包皮を半分ほどかぶった、セックスはまだ一度しか経験していないペニスが、処女の清らかな指で捉えられる。途端に、背徳感を伴った悦びが背すじを伝った。

「あああ」

堪えようもなく声が洩れる。海綿体が目を覚まし、血液を招集させた。

「あ、ホントに大きくなってきた」

嬉しそうに目を細め、亜矢が秘茎を揉みしごく。男女交際すら経験がなくても、ペニスやセックスに関する知識はしっかり仕入れているようだ。手指の動きに迷いがなく、確実に快感を与えてくれる。

（うう、気持ちいい……）

目がくらむほどの愉悦にまみれ、雅彦はたちまち勃起した。

「わあ、タッちゃった」

そそり立ったものに指を回し、二十歳のバージンが握りに力を込める。ネットでエレクトした肉根を見慣れているのか、少しも驚いていない。

「すごく硬い。血液が溜まっただけでこんなになるなんて、不思議だわ」

感心した面持ちでうなずき、悩ましげに眉をひそめる。浴衣の腰が物欲しげに揺れていた。

（まさか、このまま最後までするつもりなのか？）

そんなことをしたら、彼女の祖母に殺されるのではないか。しかし、それは考えすぎであった。

「じゃあ、わたしが手でしてあげますから、スッキリしてくださいね」

亜矢が屹立をしごく。手コキで射精に導くつもりなのだ。雅彦は安堵したものの、これだってバレたら心配性の両親や祖母からボコボコにされるのは確実だ。

とは言え、今さらやめてくれとお願いしたところで、彼女のほうが承知しまい。手の動きはかなりぎこちないけれど、瞳が好奇心に輝いている。

（まあ、これで亜矢さんもおれも満足できるわけだから、好きにさせよう）

雅彦はからだの力を抜いて、悦楽の流れに身を委ねた。処女の愛撫は稚拙ながら、これが彼女にとって初めてのペニスなのだと考えるだけで、鳩尾のあたりがムズムズした。

だが、亜矢はすぐに飽きてしまったらしい。

「まだ射精しないんですか？」

不満をあらわに訊いてくる。まだ三分も手を動かしていないのに。

「あ、えと、もうすぐ」

そう答えたものの、雅彦には余裕があった。恋人がいないから、ずっとオナニーで欲望を処理してきたのである。しごかれ慣れている分身は、ただの機械的な上下運動で果てるほどヤワではない。

それに、浩美のフェラチオやセックスに続き、奈緒子のパイズリも経験したあとなのだ。亜矢の手コキなど、到底敵ではない。

だが、処女に多くを求めるのは酷だろう。ここは早く出してあげたほうがいいかと思ったとき、

「両膝を抱えてもらえますか？」

予想外の注文があった。

「え、どうして？」

「いいから、早くしてください」

強い口調で促され、訳がわからないまま言いなりになる。しかし、陰部どころか肛門まであらわになるポーズに、頬が熱く火照った。

（なんだってこんな格好を……）

男の尻の穴を観察したくなったのか。羞恥にまみれつつもペニスはますます力を漲らせ、反り返って下腹にへばりついた。

それを引き剝がしてしごきながら、彼女は陰嚢にも触れてきた。

「ふふ。キンタマも可愛い」

はしたない言葉を口にして、快感で持ちあがった玉袋をすりすりと撫でる。あやしい悦びが生じて、雅彦は呼吸を荒ぶらせた。

（じゃあ、そこもいっしょに愛撫するために、こんなポーズをとらせたのか）

陰嚢も感じるポイントであると、ネットで知識を得たのだろうか。ところが、亜矢はすぐに急所から手をはずした。

（え、そんな——）

もっと撫でてくれれば、気持ちよく精液を出せたのに。縋る眼差しを彼女に向けた雅彦であったが、二十歳のバージンが人差し指を咥えていたものだからきょとんとなる。それも、指をペニスに見立ててフェラチオをするかのように出し挿れし、唾液でベトベトにしていたのだ。

（ひょっとして、しゃぶってくれるのか？）

事前に指でリハーサルをして、それからフェラチオ本番となるのではないか。何でもやってみたいと訴えるキラキラした瞳に、期待が否応なく高まった。

すると、たっぷりと濡らされた指が、陰嚢の真下へ差しのべられる。

「あうう」

排泄口のすぼまりをヌルヌルとこすられ、雅彦は呻いた。腰をくねらせずにいられない、くすぐったいようなむず痒いような、何とも形容しがたい快感があったのだ。

「へえ。おしりの穴が気持ちいいって、本当だったのね。オチンチンがさっきより硬くなったもの」

亜矢が納得した面持ちでうなずく。処女の好奇心に際限はないのか、尻の穴まで責めるとは。

（うう、や、やめ……）

雅彦は身悶え、肛門を絶え間なく収縮させた。気持ちいいのは確かだが、危ない趣味に目覚めてしまいそうな不安も覚えたのだ。

そのとき、密かに恐れていたことが起きる。指が直腸を深々と犯したのだ。

「くはぁあああっ！」

たまらずのけ反り、抱えていた膝を離す。からだをのばし、逆に反り返らせても、はまり込んだ指はそのままだった。

「だ、ダメ……抜いて」

荒ぶる息づかいの下から頼んでも、亜矢は知らぬ存ぜぬだった。

「ええと、このあたりかしら？」

などとつぶやき、肛門内を指で探索する。それも、真剣そのものの顔つきで。

そのとき、雅彦は不意に悟った。

（この子、本当は河童なんじゃないのか？）

河童が抜くという尻子玉を探しているのではないか。けれど、それを取られた人間は死んでしまうはずだ。

こんなところで河童に殺されてたまるか。抵抗を試みようとしたものの、これまで経験したことのない快感が、からだの奥から湧きあがる。

（ああ、なんだこれ……）

考えられたのはそこまで。あとは頭の中が真っ白になり、全身をヒクヒクと波打たせることしかできなくなった。

「あ、ここだわ」

亜矢の声も耳に遠い。ペニスがリズミカルにしごかれて、気がつけば雅彦は、ありったけのザーメンをまき散らしていた。

第三章　女人の島の謎を追え

1

雅彦はぐったりしてからだをのばし、喉をゼイゼイと鳴らした。脱力感の著しいオルガスムスの余韻に、物憂さを募らせる。

（……何だったんだ、今の？）

ぼんやりする頭をもたげ、自身のからだを見おろせば、Tシャツに白濁液の飛び散った跡がいくつもついていた。それも、ミミズがのたくったようなものが。

これは着替えなくちゃいけないなと、些末なことを考えたところで、ペニスを握ったままの亜矢に気がつく。彼女は困ったふうに首をかしげていた。多量に放精したはずの分身が、猛ったままだったのだ。

鈍い痛みを伴って脈打つそれは、まだし足りないとばかりに亀頭を赤く腫らしている。鈴口には白い雫が丸く溜まっていた。

浩美に射精させられたときと同じだ。多量にほとばしらせたのに、分身はいきり立ったまま。快感が大きかったがゆえに、もっとしてほしいという意識が働くのか。

いや、奈緒子のパイズリもかなり気持ちよかったが、昼間はすぐに萎えたのだ。単にそのときの体調とか、何らかのタイミングでこうなってしまうのだろう。尻の穴を指で犯され、そっちの快感に目覚めたからだとは思いたくなかった。

と、そこまで考えて、亜矢の指が直腸に入り込んだままであることに気がつく。

「そ、それ、抜いてくれない？」

「え？」

きょとんとした彼女であったが、括約筋をキュッと締めたことで理解してくれる。

「あ、ごめんなさい」

亜矢が指をそろそろと引き抜く。一緒に他のものも出そうな感覚があったため、雅彦は焦って尻の穴を引き絞った。

「あうう」

爪の先が肛門から外れ、ようやく安堵する。

亜矢はティッシュのボックスを取ると、尻穴を犯した指を先に拭った。それから、Tシャツに飛び散った白濁液を拭き取ろうとしたようだったが、布に染み込んでいたため無駄だと悟ったらしい。

「これ、脱いでください。お洗濯しておきますから」

「ああ、うん」

雅彦はのろのろと上半身を起こし、青くさい匂いを漂わせるTシャツを頭から抜いた。自分だけが素っ裸になったことで、無性に情けない気分に苛まれつつ。

「うああ」

脱いだものを手渡そうとして、思わず声を上げてしまう。逞しく反り返ったペニスを、亜矢がティッシュで拭ったのだ。それも、敏感な亀頭粘膜やくびれ部分を。

「まだこんなに硬いままなんて……」

つぶやいて、小さなため息をこぼす。あきれているのか感心しているのか、表情からは読み取れなかった。

清め終えた屹立に指を回し、彼女がゆるゆると上下させる。わずかにあった痛みは消え去り、快さがふくれあがった。

丸めたTシャツを脇に置いて、雅彦は下腹を波打たせた。処女の指が与えてくれる悦びにひたりつつ、一抹の不安も拭い去れない。

(まだ何かするつもりなんだろうか……)

さっきはひょっとして本物の河童なのかと疑ったものの、尻子玉を抜かれた様子もないし、こうして無事に生きているから違ったようだ。単に前立腺(ぜんりつせん)を刺激しただけらしい。だからあんなにおびただしく射精してしまったのだ。そのあたりの知識も、ネットで仕入れたのだろうか。

「すごかったです、精液が飛ぶところ」

ペニスを愛撫しながら、亜矢が反芻する面持ちで言う。

「そ、そう?」

「ネットの動画で見たことはあるんですけど、あれよりももっと勢いがありました。それから量も。オチンチンがビクンビクンってなって、壊しちゃったんじゃないかって心配したんですよ」

「ご、ごめん」

謝ってから、はて、おれが悪かったのかなと混乱する。

「あと、精液って、不思議な匂いなんですね。そこまではネットの動画じゃわからないから、すごくドキドキしました」

「ええと、それじゃ、おしりの穴に指を挿れたのも、ネットで得た知識なの？」

「いいえ。あれはおばあちゃんに教わりました」

「ええっ!?」

　では、祖母が河童だったのかと、雅彦は妙なことを考えてしまった。

「指を挿れて、オチンチンの裏っかわあたりをグリグリすると、男のひとはすぐに射精するからって。もしも襲われたときには従うフリをして、あの方法でさっさと精液を出させれば、男はそれ以上やる気をなくすからって言われました」

　身を守るためとは言え、孫娘に前立腺刺激を教えるとは。いったいどんな家族なのかとあきれ返る。

（じゃあ、亜矢さんとこんなことしてるのがバレたら、もっと酷い目に遭わされるってわけで……）

　雅彦は身震いした。ひとのよさそうな老婆が、髪を振り乱して包丁を振り上げる場面が、リアルに浮かんだのである。この里にいるのは河童ではなく、もしかしたら山姥ではないのか。

「ごめんなさい。わたし、射精するところが早く見たかったんです。それでつい、あんなことしちゃって」

すべては好奇心を満足させるための行動だったらしい。それだけで、あそこまで思い切ったことができるなんて。

（もう、こんな田舎に閉じ込めておかなくてもいいんじゃないのかな）

彼女なら、不埒な男どもを簡単に蹴散らせるだろう。もっとも、好奇心のままに男を取っ替え引っ替えして愉しむ可能性もあるが。むしろそっちのほうが心配かもしれない。

「だけど、精液が出たら、オチンチンは小さくなるんじゃないんですか？」

率直な質問に、雅彦は返答に詰まった。どうしてそうなのか、自分でもよくわからなかったからだ。

「あー、えと、うん……たぶん、亜矢さんがずっと握ったままだから、気持ちよくて萎えないんだと思うよ」

他に説明のしようがなく、苦しまぎれに答えると、彼女は驚いたふうに目を丸くした。

「え、そうなんですか？」

それから、満更でもなさそうに頬を緩める。

「だったらうれしいです。あ、もうちょっとオチンチンをお借りしていいですか？」

「え、借りるって……」

「やってみたいことがあるので、また寝てください」

戸惑いながらも、雅彦は再び仰向けになった。すると、そそり立つものの真上に、亜矢が顔を伏せる。

（え、まさか――）

ピンク色に艶めく唇をOの字にした彼女が、ミニトマトみたいな亀頭を口に入れた。

「あああ」

焦りと快感が同時に押し寄せ、軽いパニックに陥る。バージンの娘にこんなことまでさせちゃいけないという思いも、悦楽の波に流されてしまった。

「ん……ンふ」

こぼれる鼻息で陰毛をそよがせながら、亜矢が舌をレロレロと回す。丸い頭部を飴玉みたいにしゃぶり、溢れるカウパー腺液をチュウと吸った。

「くはッ」

雅彦はのけ反り、裸身をヒクヒクとわななかせた。

ふくらみきった牡器官に口淫奉仕を施すのは、浴衣姿の処女なのだ。あどけなさの残る顔立ちにもかかわらず、積極的な舌づかいは経験豊富な熟女を思わせる。

もちろん、技巧など無きに等しいのだろう。けれど、経験の浅い雅彦は、フェラチオをされるだけで天にも昇る心地なのだ。

おまけに、キスも知らないであろうバージンの、清らかな唇を穢しているのだから。

「ぷは――」

肉根を三分ほどもねぶってから、亜矢が口をはずして大きく息をつく。ひと仕事終えたみたいに唇を舐めたものの、唾液に濡れたペニスはもちろん絶頂前だ。

「オチンチンって、思ってたよりも美味しいですね」

実際にどんな味がするのかなんて、持ち主たる雅彦にもわからない。だが、おそらく男性器官を口に入れるという行為のいやらしさに昂(たか)ぶって、美味だと感じたのではないか。

案の定、彼女は淫らな告白をした。

「それに、舐めてるだけで、すっごくエッチな気分になったんですよ。もう、アソコがジンジンして切ないぐらいに」

浴衣の上から股間をおさえ、身をくねらせる。それから、横たわる雅彦の右手を取った。

「ほら、ここ」

浴衣の裾から中へ導き、下着越しに秘苑を確認させる。

（本当だ……）

指先が触れたクロッチの底は、じっとりと湿っていた。しかも、発情の証しみたいに熱を帯びている。

「あん」

わずかに指を動かしただけで、亜矢が艶めいた声をあげたものだからドキッとする。かなり感じやすくなっているようだ。

（この様子だと、オナニーもしてるんだよな）

ネットの動画であれこれ研究しながら、自らをまさぐっていたに違いない。厳格な親の言いつけを守っていても、内から湧きあがる欲望は抑えきれないのではないか。もう二十歳と、社会的にも大人と認められる年齢なのだから。

そんなことを考えながら、敏感な部分を狙って刺激すると、

「あ、あ、そこぉ」

と、いっそうあられもない声が響く。やはり感じるポイントがわかっているのだ。

（フェラチオをしただけで、こんなに濡らしちゃうなんて――）

バージンなのに、なんていやらしいのか。もっとはしたない声を上げさせたくなっ

た雅彦であったが、彼女が腿をキツく閉じたため、指が動かせなくなった。

しかし、これで終わりにするつもりは、毛頭なかったようである。

「ね、わたしのも舐めてもらえますか？」

淫蕩に潤んだ瞳でお願いされ、心臓の鼓動が早鐘となる。

「な、舐めるって？」

「クンニしてほしいんです。男のひとにアソコを舐められたらどんな感じなのか、わたし、前々から知りたかったんです」

とってつけたような理由を述べ、亜矢が浴衣の裾をくつろげる。中に手を入れると、処女の証しみたいな純白のパンティを脱ぎおろした。

さらに、裾をからげて、裸の下半身をあらわにする。

「ああ……」

雅彦は無意識に感嘆の声を洩らした。

白い肌は、まさにバージンスノーの趣。マシュマロのようになめらかで、柔らかなことが窺える。下腹の三角地帯に萌える黒い恥叢が、コントラストを鮮やかにしていた。

「わたしもフェラしますから、いっしょに舐めっこしましょ」

彼女は大胆にも、雅彦の上に逆向きでかぶさった。くりんと丸いヒップを、顔の前に差し出すようにして。

（ああ、これが……）

処女の秘苑を目の当たりにして、感動が広がる。

ほころびかけた恥割れを、短い縮れ毛が囲んでいた。肌には色素の沈着がある。それほど濃くはないものの、胸苦しさを覚えるほど卑猥な眺めだ。

おまけに、花弁がわずかにはみ出した合わせ目は、透明な蜜でべっとりと濡れていたのだ。

穢れなき眺めにうっとりしつつ、雅彦は鼻を蠢（うごめ）かせた。入浴後の石鹸（せっけん）の香りが漂う中に、ヨーグルトのような甘酸っぱいかぐわしさがある。おそらくそれが、バージンの正直な匂いなのだろう。

「あうう」

快美が背すじを伝い、雅彦はのけ反って呻いた。亜矢が再び勃起を口に含んだのだ。

一緒に舐めっこ――シックスナインを求められたのである。だったら自分もと、ミルキーヒップを抱き寄せる。ぷにっとした双丘が顔と密着するなり、濃密さを増したヨーグルト臭が鼻腔を満タンにした。

（たまらない――）

あとは劣情に煽られるまま、清らかな女芯をねぶり回す。

「むふふふー」

牡の漲りを咥えたまま、亜矢が鼻息をこぼす。それは陰嚢に降りかかり、あやしい悦びに腰の裏がゾワゾワした。

初めてのクンニリングスで浩美を絶頂させたこともあり、雅彦は自信を持って処女華に挑んだ。敏感な肉芽を探り、舌先ではじくように舐める。

「んっ、んふっ」

亜矢が息をはずませ、剝き身の若尻をビクッ、ビクンと痙攣させる。鼻の頭がアヌスに当たっており、そこがなまめかしく収縮するのがわかった。

（おしりの穴も感じるのかな？）

さっき、指を挿れられる前にそこをこすられて、ムズムズする快さを得たのである。彼女も同じようにされたらどうなるのかと興味が湧く。

雅彦は秘核を狙っていた舌をはずし、すぐ上の可憐なツボミへと這わせた。ピンク色に染まった恥じらいの中心を、舌先でチロチロとくすぐる。

「ンふんっ！」

太い鼻息をこぼし、亜矢が慌てたように尻割れを閉じる。だが、胸を跨いだ四つん這いの姿勢なのだ。そんな格好でおしりの穴を守ろうなんて、どだい無理な話である。

そのため、執拗に排泄口をねぶられてしまう。

「ふは――あ、だ、ダメ、そこは……ああん、汚いところなのにぃ」

だが、入浴後だから、谷間には石鹸の香りと、わずかに汗の酸っぱみが感じられるのみ。生々しい秘肛臭はまったくなく、雅彦は少しも汚いなんて思わなかった。

いや、仮に用を足した痕跡があったら、もっと昂奮して舐め回したに違いない。

舌先を抉り込ませるようにしてアヌスを責めると、抵抗していたそこが徐々に緩んでくる。彼女自身も「イヤイヤ」と身を震わせながら、ヒップを切なげにくねらせた。明らかに快感を得ている様子である。

そして、ほんの数ミリながら、舌が肛穴を犯す。

「くぅううーン」

のけ反った亜矢が、子犬みたいな声で啼く。括約筋をせわしなく締めつけ、不埒な侵入物を追い出そうとした。

「イヤイヤ、だ、ダメぇ。抜いてちょうだい」

涙声で訴える彼女は、自身が男の肛門に指を挿れたことなど忘れているのか。これぞまさに因果応報である。

ただ、あまり苛めては可哀想かと、憐憫も覚える。初めて愛撫を交わした男に尻の穴を舐められたことが、トラウマになっても気の毒だ。

そう考えて、雅彦はアナル舐めを中止した。舌をはずすと、亜矢が力尽きたみたいにぐったりと身を伏せる。

2

（え？）

口許からはずれた陰部が視界に入り、雅彦は目を瞠った。

赤みを増した秘唇が、多量の蜜汁を溢れさせている。明らかに、アヌスをねぶられたせいでこうなったのだ。

（やっぱり、おしりの穴を舐められて感じてたんだ）

あるいはオナニーのときにも、後門を刺激していたのか。ともあれ、処女なのに性感は充分すぎるほど発達しているようである。

ここは是非とも昇りつめるところを見てみたいと、雅彦は発奮した。若尻を抱き寄せて秘苑に口をつけ、敏感な真珠を吸いねぶる。

「ひぁあああっ！」

脱力していたはずの亜矢が、からだの上で暴れる。腰をよじって逃げようとしたものの、雅彦はがっちりと抱え込んで離さなかった。

「だ、ダメっ、そこ――あああ、か、感じすぎちゃうのぉおおッ！」

艶声を張りあげ、恥割れをきゅむきゅむと収縮させる。それにもかまわず一点集中で責め続けると、内腿が汗ばんできた。

「そ、そんなにされたら……わたし、わたし――いやぁ」

すすり泣く彼女のクリトリスは大きくふくらみ、フードを脱いでツヤツヤした姿を現していた。やはり普段から可愛がっていたらしい。

その、お気に入りのポイントを執拗に舐め転がすことで、バージンの肢体が愉悦の極みへと駆け上がる。

「あ、あ、イッちゃう」

裏返った声でアクメを訴え、亜矢は全身を波打たせた。

「イクイク、あ、ああっ、イッ――くぅううううっ！」

嬌声をほとばしらせ、からだのあちこちをビクビクと痙攣させる。浩美にクンニリングスをしたときよりも、イキっぷりは激しかった。

「う——くはッ、はっ……ああ」

脱力したあとも呼吸を荒ぶらせ、恥割れをなまめかしくすぼめる。そこからトロリと薄白い液体がこぼれ落ちた。

（すごい……）

処女でもここまで感じるようになるのか。なのに、こんな田舎で生活させられ、男から遠ざけられているなんて気の毒だ。

ただ、これで都会に住んでいたら、日常的に男漁り（おとこあさ）をする恐れがある。

（いや、亜矢さんに限ってそんなことはないか）

両親や祖母の言うことを素直に聞いているのだ。無軌道な行動や、自堕落（じだらく）なことはしないだろう。

ところが、エクスタシーの余韻からようやく抜け出した彼女がのろのろと振り返り、

「ね……セックスしてくれませんか」

なんてお願いを口にしたものだから、雅彦は耳を疑った。

「え、ど、どうして？」

「ここまでしておいて、どうしてってことはないと思いますけど」

情欲の色を残した眼差しで見つめられ、返答に窮する。

（ようするに、おれがやり過ぎたのか……）

クンニリングスでイカされて、もっと快感が欲しくなったということか。ただ、初体験で今みたいに気持ちよくなることはないと思うのだが。

しかし、もっと別の事情もあったようだ。

「それに、このままだとわたし、襲われちゃうかもしれませんから」

「え、襲われるって、誰に？」

「この村に住む男のひとに」

話が見えずに、雅彦はきょとんとなった。こんな静かな村に、そういう不埒な男がいるとは思えなかったのだ。

すると、亜矢が説明する。

「両親は、こういう村なら若い男がいないから安心みたいに考えてるんですけど、年ごろの女性もいないから、独身の男のひとがけっこういるんですよ。それも、かなりいい年の。だから、どうしても嫁が欲しいって、無茶なことをするひともいて、観光や登山できた女性が襲われかけたこともあったみたいですよ」

「へえ……」

たしかに、いくら生まれ育った土地でも、こういう村に好きこのんで残る女性はそういまい。みんな都会へ出て行って、残るのは跡取りの男だけ。雅彦の田舎も似たようなものだ。

そうして、四十、五十になっても独身なんてことになれば、欲望のままに行動する者が現れても不思議ではない。何しろ、都会と違って風俗もないのだから。

「それに、ヨバイなんてのもあるみたいで、現におばあちゃんも、おじいちゃんにヨバイされて結婚したって言ってました」

雅彦の田舎には、さすがに夜這いの風習はない。この村にしたところで、そんなことが許されたのは昔のことなのだろう。

だが、二十歳の処女は、かつてそういう風習があったというだけでも、貞操の危機を感じるのではないか。

「だから、好きでもない男に犯されるぐらいなら、自分で望んだかたちで初体験をしたいんです。初めてがレイプなんて、そんなの絶対に嫌です」

それはもちろん気の毒だが、だからと言って自分としたほうがマシとも思えない。

「でも、おれと亜矢さんは、今日会ったばかりだし」

雅彦の言葉に、彼女は承服しがたいというふうにむくれた。

「会ったばかりでも、わたしはフェラをして、北田さんはクンニをしてくれたんですよ。ていうか、おしりの穴まで舐めたくせに、セックスはダメなんて納得できませんL」

亜矢の言うことにも一理ある。結局は自分が調子に乗りすぎて、こんな事態を招いてしまったのだ。

「乗りかかった船ですよ。ちゃんと最後までしてください」

上からおりた彼女が、隣で仰向けに寝そべる。浴衣の前をはだけると、ブラジャーをしていなかったため、ほとんど裸同然の姿になった。

「ほら、早く」

急かされて、雅彦は迷いつつも裸身を重ねた。

(いいんだろうか……)

けれど、強ばりきった分身の尖端が、温かく濡れた恥芯と密着するなり、結ばれたいという思いがふくれあがる。

「ね、キスして」

おねだりをされ、唇を重ねる。ふにっとした柔らかさと、吐息のかぐわしさを感じるなり、全身が熱くなった。

（……おれ、キスしてるんだ）

浩美との初体験でも、唇同士のふれあいはなかった。つまり、これがファーストキスなのだ。しかも、処女の清らかな唇を奪ったのである。

もっとも、彼女はすでにペニスをしゃぶっているのであり、清らかというのは当たっていないかもしれない。だが、こっちもクンニリングスを経験済みなのであり、おあいことも言える。

ともあれ、唇を重ねて軽く吸い合うだけのおとなしいくちづけでも、感激せずにいられなかった。

「はあ……」

唇をはずすと、亜矢が大きく息をつく。ずっと呼吸を止めていたのだろうか。

「キス、しちゃった……」

つぶやいて、恥ずかしそうにほほ笑む。あまりの可愛さに、雅彦は身悶えしたくなった。

「亜矢さん――」

名前を呼び、たまらなくなって再びくちづける。本能的に舌を差し入れ、甘い口内を味わった。

「ンふぅ」

彼女も悩ましげに鼻息をこぼし、舌を戯れさせる。そうやって貪るようなキスに没頭するあいだに、雅彦は無意識に腰を沈めていた。

ぬるん――。

径の太いところが狭まりを乗り越え、ようやく気がつく。亀頭が温かな潤みにはまっていることを。

「くううう！」

唇をほどき、亜矢が切なげに呻く。予告もなく処女を奪ってしまったのだ。何てことをしてしまったのかと、雅彦は焦った。

ところが、腰が意志とは関係なく、さらに女体の奥を目指す。牡の本能が働いたのか、残りの部分もずむずむと狭窟を侵略した。

（ああ、入った）

純潔を奪った感動が快感も呼び込み、危うく爆発しそうになる。奥歯をギリリと噛み締め、どうにかそれは回避した。

「だ、だいじょうぶ？」

瞼をキツく閉じたままの亜矢が、小さくうなずく。それから、ゆっくりと目を開けた。

「……入ってるんですよね？」

怖々と問いかけられ、雅彦は罪悪感に苛まれた。

「うん……ごめん」

謝ると、彼女は怪訝な面持ちを見せた。

「どうして謝るんですか？　わたしがしてほしいって言ったんですよ」

「いや、でも」

「わたしはうれしいんです。これでやっとオトナの女になれたんですから。でも、初めては痛いって聞いてたけど、そんなことないんですね」

「え、そうなの？」

「はい。入った瞬間、ちょっとだけピリッとしたんですけど、もう何ともありません。なんか、いっぱいに詰まってる感じはありますけど」

それだけ処女膜が柔軟だったということか。だったら出血もしていないのだろう。

(シーツに血がついてるのをおばあちゃんに見つかったりしたら、大変だものな)

雅彦は安心した。亜矢も喜んでいるし、無事に処女を卒業できてよかったのだ。

「あの、動いてもらえますか？」

女になったばかりの娘に求められ、雅彦は「わかった」とうなずいた。いきなり激しくするのは負担が大きいだろうと、ゆっくり動く。

「ん……」

ペニスをそろそろと後退させると、亜矢が眉根を寄せる。痛いのかと思えば、やるせなさげに吐息をこぼした。どうやら違和感があるだけのようだ。

そして、再び膣奥まで戻すと、「はあー」と長い息をつく。

「なんか、変な感じ」

悩ましげな面持ちからして、決して不快というわけではなさそうだ。彼女の表情や反応を注意深く窺いながら、雅彦は腰の動きを徐々に速めた。

「ン……あ——はあ」

喘ぎ声がはずんでくる。抉られる女芯がピチャピチャと卑猥な音を立てた。

(感じてるのかな?)

表情こそ色っぽいが、もしも気持ちいいのなら、素直に口に出すのではないか。初めてのセックスで悦びを得るというのは、エロ小説やエロ漫画では定番ながら、そうあることとは思えない。

ただ、この様子だと、程なくセックスの快感に目覚める気がする。

（そうなったら、誰彼かまわず男を漁るんじゃないだろうか）

もしも自堕落な生活を送るようになったら、自分のせいだ。やはりまずかったのではないかと悔やんだ雅彦であったが、

「ね……精液、出そうですか？」

呼吸をはずませる亜矢に訊ねられ、ハッとする。

「う、うん。もうすぐ」

「じゃあ、わたしの中に出してくださいね」

「え、いいの？」

「はい。せっかく体験したんですから、ちゃんと最後までしてもらいたいんです。それに、精液を出されるとどんな感じなのかも知りたいから。あ、わたし、生理はきちんとしてるし、安全日だから心配しないでください」

好奇心にきらめく瞳は無邪気そのもので、綺麗に澄み切っている。それゆえに、処女じゃなくなったからといって無軌道な行動はとるまいと信じられた。

「わかった。それじゃ、中にいっぱい注いであげるよ」

「はい」

明るく返事をした亜矢であったが、リズミカルなピストン運動で、また色めいた声

を洩らし出す。

「あ、あ、ああっ、な、なんか……いい感じかも」

そのあられもない言葉が引き金となった。

「ああ、い、いく――出るよ」

ハッハッと息を荒ぶらせ、若い子宮口にザーメンをしぶかせる。

「くぅうーン」

その瞬間、亜矢は子犬みたいな声を上げた――。


翌日、再び緑ヶ沼を訪れた探検隊は、驚くべきものを目撃した。

「あ、あれっ！」

浩美が指差したほうを見た一同は、己の目を疑った。

「え、河童!?」

「河童だ！」

「本当にいたのか」

沼の向こう岸、昨日、雅彦が撮影したのと同じところに緑色の、人間みたいな生き物がいたのだ。遠目では、おかっぱ頭であることぐらいしかわからないものの、水辺にそんなものがいれば、河童以外の何ものでもない。

「おい、撮ってるか!?」

「あ、はい」

しかし、カメラマンの漆水がズームアップをしようとしたところで、その生き物は沼の中に身を沈め、二度と現れなかった。

映像を確認したところ、ロングショットで撮られていたため、河童の姿かたちははっきりと確認できなかった。それでも、あんなところに人間がいるはずもなく、一同は河童であると信じた。

ただひとりを除いて。

(あれ、亜矢さんだよな……)

雅彦は確信していた。昨晩、処女を与えてくれた二十歳の娘が、河童のフリをしたのだと。

彼がそうしてくれと頼んだわけではない。セックスのあと、寝物語でこの村に来た目的を話したところ、彼女がいいことを思いついたというふうに、にんまりと笑ったのである。そして、

『明日は、きっといいものが撮れるんじゃないかしら』

と、意味深長なことを言ったのだ。今日もジュンサイを採るために、あそこにいたわけではなかろう。

もちろん、あれが世話になった民家の娘だなんて、共演者やスタッフに言えるわけがなかった。そんなことをしたら、亜矢と関係を持ったことがバレてしまう。

（ま、おかげで番組が成立するんだからいいか）

彼女なりの、お礼のつもりだったのかもしれない。初めてのひとになってくれて、ありがとうと。

（おれのほうこそ、ありがとう、亜矢さん……）

河童の出現場所へ急ぐ一行を追いながら、雅彦は心の中で感謝の気持ちを述べた。

3

『行け行け！　河口浩美探検隊』の、第一回目の放送があった。

番組は一回が三十分で、ひとつのエピソードを三週に分けて放送する。そして、CS放送の常として、再放送が週に数回あった。

初放送の視聴者数は、決して多くなかった。宣伝スポットを数多く打ったわりに成果がなく、上層部も失望したということだった。

ところが、再放送を重ねるごとに視聴者数が増すという、不思議な現象が起こった。どうやら口コミ、というか、ネットのＳＮＳや掲示板で評判が高まったようなのだ。視ていなかった者がチャンネルを選び、さらに一度視た者も繰り返し視聴したらしかった。

番組への感想も、主にメールで多く寄せられた。それらに加えて、ネット上の評価も分析したところ、彼らが注目したのは奈緒子であることがわかった。それも、太腿やヒップ、それから胸の谷間といったセクシーポイントを。要はお色気番組と見られたわけである。

肝心の河童に関しては、ほとんど言及がなかった。最初からその存在をまったく信じていないか、ただのヤラセかインチキだと踏んでいるらしい。

例の映像が出るのは三回目だから、あれをどう受け止められるかはわからない。ただ、ほとんど期待されていないのは明らかだ。

実際、一回目の本編後に二回目の予告編が流れ、そこに雅彦の撮った映像が一瞬挿入されたのだが、まったく話題にならなかった。

「このままだと、探検隊の存在意義が蔑ろにされる恐れがあります」

次回の打ち合わせの席上、浩美が苦虫を噛みつぶした顔つきで言った。明らかに機嫌が悪いのは、冠番組で自分がほとんど話題になっていないからだろう。唯一、ネタとして面白がられたのは、名前だけで抜擢されたに違いないということのみだった。

(ま、そうなるよな……)

雅彦も同じことを考えたから、その意見には共感できた。もちろん、本人の前では言えないけれど。

「とにかく、わたしたちは真実を追い求めるために探検し、河童が存在する証拠も摑んだんです。なのに、ただのお色気番組だと思われるのは不本意です」

話すうちに怒りがこみ上げたのか、浩美の眉が徐々に吊り上がってくる。だが、そもそも奈緒子の探検服をセクシーなものに改良したのは彼女なのだ。そのため、隊長ではなく、副隊長が注目されることになったのである。

(自分が招いたことで、機嫌を悪くされても困るんだけど)

口には出せない不満を、心の中でつぶやく。と、雰囲気が悪くなるのを避けようとしてか、プロデューサーが執り成した。

「まあ、まだ一回目が放送されたばかりですから。幸いにも、視聴者数は増えているわけですし、これで二回目、三回目と回を重ねれば、視聴者の評価も変わってくると思いますよ。僕は三回分拝見させていただきましたけど、どんどん面白くなって、ワクワク感も増してましたから」

「そうですか？」

怪訝な表情を見せながら、浩美は多少なりとも機嫌を直したらしい。それ以上の演説はやめて席に着いた。

「さて、最初の探検に関しては、まだ評価が定まっていないのですが、とりあえず次の撮影に出発しなければなりません。ええと、それに関して、ディレクターから何かありますか？」

プロデューサーに話を振られ、村藤は「うーん、そうだなあ」と天井を振り仰いだ。

「今のプロデューサーの意見に重なるんだけど、おれも緑ヶ沼探検はよかったと思うんだ。河童探しっていうオーソドックスなネタで、探検隊としての摑みはバッチリっていう感じで。あと、それぞれの立ち位置もうまく出せてたし、いい画も撮れたから」

他の出演者やスタッフも納得顔でうなずいていたから、みんな同じ意見なのだろう。

ただ、あの河童の正体を知っている雅彦は、複雑な思いを嚙み締めていた。

（たしかにいい画だけど、河童じゃないものな）

もっとも、からだに藻をつけた全裸の娘だなんて、誰も思うまい。何も仕込みをしなかったから、本物だと信じ切っているのだ。

「ただ、二回目もそれに乗っかると、視聴者がこれからの展開に期待が持てなくなる可能性があると思うんだ。だから、視聴者が予想もしない、え、そんなところへ行くのかっていう内容にしたほうが、番組としての広がりも出るんじゃないのかな」

「なるほど。それじゃ、そういう意外な方面のネタ、何かあるのかな？」

プロデューサーの目が構成作家に向けられる。みんなからブンちゃんと呼ばれる彼は、後ろに置いたホワイトボードを振り返った。

「ええと、とりあえず今出ているのはこんなところですけど、意外性があるものとなると……」

箇条書きにしてある十数個の企画を、上から下までざっと眺め、「あ、これかな」と、彼が指差したものは、

【女人の島・人魚伝説】

と書かれたものであった。

（人魚って……）

雅彦は鼻白んだ。それでは河童と同じく、また存在が不確かな――というより、存

在するはずのないものを探すことになるからだ。

それは他のメンバーも同じ思いだったらしい。

「それ、河童のときとどう違うんですか？」

浩美が眉をひそめて訊ねた。

「まあ、人魚のことはひとまず置いてください。人魚伝説があるのは確かなんですが、そもそもそういう伝説が生まれたのは、その島が特別だからなんです」

「特別って？」

「ここに書いてあるとおり、女人の島なんです。男がひとりもいなくて、住んでいるのは全員女性なんです」

この説明に、一同は《まさか》という顔を見せた。


翌週、河口浩美探検隊の一行は、日本海側の港からフェリーに乗った。目指すのは女人の島——乳島である。

もっとも、そのフェリーの行き先は、日本海の比較的大きな島——女房島だ。観光地としても有名なその島から、乳島はさらに沖へ三キロほどの距離にあるという。

（だけど、女性しかいないって、本当なんだろうか……）

他に誰もいない甲板で潮風を浴びながら、雅彦は首をひねった。

河童みたいな架空の生き物よりは、信憑性があるのか。しかし、そもそも男がいなくて子孫が残せるのかという疑問が、当然ながら浮かぶ。

それに関しては、構成作家がこう説明した。

『島の女たちは子供を作るために隣の島や本土に渡り、そこで言わば種付けをしてもらうという習わしなんだそうです。で、育てるのは島の女たちが協力してってことらしいですよ』

そして、人魚伝説に関しても、謂(いわ)れの見当がつくとのこと。

『島の女性たちは、ほとんどが海女(あま)を生業(なりわい)にしているんです。それだけで充分に食べていけるから、少なくとも稼ぎ手としての男は必要ないわけです。で、種付けのときにも、隣の島へは小舟か、あるいは泳いで渡って、海から上がるときには腰蓑(こしみの)一枚の姿だったそうです。それが人魚に見えたところから、島の女性たちは人魚だという伝説が広まったようですね』

いちおう納得できる話である。ただ、近代以前ならいざ知らず、現代の日本にそんな風習が残されているものだろうか。

どうも胡散(うさん)くさいなと思ったところで、

「あら、こんなところにいたの？」

背後から声をかけられてドキッとする。振り返ると奈緒子だった。

「あ——」

雅彦が言葉を失ったのは、彼女がミニ丈のワンピース姿だったからだ。

探検に赴く道程も紹介しなければならないので、フェリーに乗り込むところや、船室内での打ち合わせ風景なども撮影した。ただ、島に到着するまで二時間以上もかかるので、それまでは休憩となった。

撮影のときには、もちろん探検隊のスタイルである。雅彦はそのままの格好で甲板にいたのだが、奈緒子は着替えたようだ。

まあ、撮影時ならいざ知らず、ひと前に出るのはいささか恥ずかしいファッションだからやむを得まい。特に彼女の場合は、セクシーさまる出しであったから。

もっとも、そういう理由で衣装をチェンジしたわけではないらしい。

「き、着替えたんですね」

どぎまぎして訊ねると、奈緒子は「ええ」とうなずいた。それから、雅彦を軽く睨む。

「北田さんのせいなのよ」

「え、ど、どうしておれの!?」

「だって、前の撮影で、北田さんがあたしのおしりばっかり撮ったから、スタイリストさんがもっとセクシーにしたほうがいいって、ボトムがさらに小さくなったんだもの。あと、生地も薄くなったし」

それは自分のせいなのかと疑問を感じつつ、雅彦はとりあえず「すみません」と謝った。

「だから、ちょっとぴっちりしすぎで、お股に喰い込んで落ちつかないのよ。あたしはもともとゆったりした服が好みだから、あれだとゆっくり休めないの。だから着替えちゃった」

愛らしく片八重歯をこぼした彼女に、胸がきゅんと締めつけられる。同時に、目の前でオシッコをしたときの恥じらう姿や、パイズリをされたことまで思い出し、無性に落ち着かなくなった。

すると、こちらの内心を見透かしたみたいに、奈緒子が意味ありげな眼差しを向けてくる。

「何を考えてるの?」

「え、な、何って?」

そのとき、強い風が甲板を駆け抜けた。

「キャッ」

奈緒子が悲鳴をあげる。ミニ丈ワンピのヒラヒラした裾が、風に煽られて大きくめくれたのだ。それこそ、下着が見えるまでに。

一瞬見えたパンティは白で、サイドが紐になっていた。しかも、かなりハイレグだ。風で簡単にめくれるようなワンピースの下に穿くには、危うすぎる。

だが、彼女はインナーを見られたことを少しも気にしていない様子だ。まあ、すでに放尿シーンとか、ナマおっぱいまで晒しているのだから当然か。

そして、年下の男を見つめ、愉しげに目を細める。

「見た？」

悪戯っぽい笑顔ながら、瞳が淫靡にきらめいている。

「は、はい」

「けっこう小さいパンツだったでしょ？　ボトムが小さくなったから、はみパンなんかしたら大変だもの。それに――」

くるりと回れ右をしたグラビアアイドルが、ワンピースの後ろ側をいきなりめくり上げる。

「わっ」

雅彦は思わず声をあげた。白くて丸い臀部がまる見えだったからだ。もちろんノーパンではなく、Ｔバックを穿いていたのである。

「これならパンツの線がボトムに出ないでしょ」

にこやかに理由を述べられても、胸のドキドキがなかなかおさまらない。おそらく、情欲にまみれた目をしていたはず。

再び向き直った奈緒子が、嬉しそうに「ふふっ」と笑う。

「そこ、モッコリしてるわよ」

指差されたのは、下半身の中心。股間部分がテントをこしらえていた。あれこれ思い出したあたりから、勃起していたようだ。

「あ、これは――」

焦って隠したものの、すでに遅い。頬が熱く火照る。

「困ったオチンチンね。またおっぱいで出させてあげようか？」

からかう口調ながら、頼めばまたいやらしいことをしてくれそうな雰囲気である。

雅彦は心が動きかけたものの、（待てよ）と思いとどまった。

（おればかりしてもらうのも悪いし、奈緒子さんにも何かしてあげるべきじゃないだ

ろうか）

そう考えたのは、単純に彼女の秘められたところを見たいという気持ちもあったからだ。それに、一方的に奉仕されてばかりだと、頭が上がらなくなる。探検隊としての立ち位置ばかりでなく、精神的にも服従する気分になる恐れがあった。今後のためにも、対等な関係になる必要がある。

「それよりも、おれにお返しをさせてください」

「え、お返しって？」

「おればかりが気持ちよくしてもらうのは悪いですから、今度はおれが奈緒子さんを気持ちよくしてあげたいんです」

そこまで言えるようになったのは、女性経験を積んで気弱な性格が改善されたからだろうか。ともあれ、奈緒子は驚いたふうに目をぱちくりさせた。

「それって、北田さんがあたしのアソコを舐めてくれるってこと？」

そこまで言ってなかったから、雅彦は「え？」と返した。すると、彼女が焦り気味に目を泳がせる。バツが悪そうに下唇を噛んだ。

（そうか。奈緒子さんは、アソコを舐めてほしいって思ってたんだな）

内なる願望が、つい口から出てしまったのだろう。すぐに肌をあらわにできるような軽装で声をかけてきたのも、フェリーに揺られているうちになんとなくムラムラして、淫らなひとときを愉しみたくなったからではないのか。

だったら遠慮はいらないと、雅彦は積極的に動いた。

「じゃあ、上へ行きましょう」

先導して、すたすたと歩き出す。

「あ、待って」

奈緒子は素直についてきた。

階段を上がって、上の甲板に出る。平日の昼間ということで、もともと乗船客は多くない。今はみんな船室で休んでいるらしく、屋上みたいに広々としたそこにも人影はなかった。

だからと言って、誰も来ないとは限らない。雅彦は端っこにあった排気用らしき大きな煙突の陰に足を進めた。

「ここなら見つからないと思いますよ」

振り返って告げると、奈緒子は戸惑い気味に「う、うん」とうなずいた。ただ、眼差しがあやしくきらめいていたから、淫らな期待があったのではないか。

煙突を背にして彼女を立たせ、雅彦はその前に跪いた。

「これ、めくってもらえますか？」

　ワンピースの裾を指差してお願いすると、彼女は無言でたくし上げた。さっきも目撃した白い逆三角形が、目の前に現れる。

(これなら脱がさなくていいかな)

　クロッチ部分を横にずらすだけで、秘部が簡単にあらわにできそうだ。ただ、すぐに見るのは、いかにもがっついているようでためらわれた。

　雅彦は魅惑のデルタゾーンに顔を寄せた。ほのかに酸味のある、なまめかしい匂いが感じられる。

「あ、ちょっと——」

　焦ったふうに声をかけられ、「え？」と顔を上げる。奈緒子が瞳を潤ませ、こちらを見おろしていた。

「あたしのそこ、洗ってないのよ。けっこう匂うはずなんだけど、いいの？」

　申し訳なさそうに確認され、雅彦は胸がきゅんと締めつけられるのを覚えた。

(ああ、なんて可愛いひとなんだろう)

　目の前でオシッコをしたり、自分から進んでペニスを愛撫したり、大胆なだけかと思っていた。けれど、女性らしい恥じらいや慎みもあるのだ。

意外であるがゆえに、好感を抱く。こういうところが、業界関係者に好かれる所以ではないのか。

ともあれ、好ましい気持ちを、言葉ではなく態度で示したくなる。雅彦は彼女の腰に抱きつくと、魅惑のデルタゾーンに顔を埋めた。

「あ、ダメ——」

奈緒子が抗うのもかまわず、そこにこもる臭気を深々と吸い込む。

（ああ、素敵だ……）

蒸れた汗の匂いに、チーズ風味の乳酪臭が溶け込んでいる。本人が『けっこう匂う』と告白したとおり、鼻奥をツンと刺激する成分もあった。それから、潮風にも似たオシッコの残り香も。入浴後だった亜矢はともかく、浩美と比較してもより熟成された感じだ。

「イヤイヤ、か、嗅がないでっ！」

涙声で拒むところをみると、秘部の匂いにコンプレックスがあるのだろうか。付き合った男に何か言われたことがあるのかもしれない。

だが、雅彦は少しも不快に感じていなかった。むしろ、正直な秘臭に胸を揺さぶられるほど昂奮していたのである。

「おれ、奈緒子さんのこの匂い、大好きです」

股間から顔を離して告げると、彼女が「え？」と驚きを浮かべる。

「女性らしくて、とっても素敵だと思います。まあ、経験もないのに、こんなことを言うのは生意気かもしれませんけど」

奈緒子はこちらを童貞だと思い込んでいるのだ。それにのっとって弁明すると、彼女は顔を歪め、クスンと鼻をすすった。

「本当に、くさくないの？」

「はい。奈緒子さんの匂いだったら、どんなものでも好きです」

匂いフェチだと思われても困るから、奈緒子自身に惹かれていることを強調する。

「……ありがと」

感激の面持ちを見せられて、雅彦は照れくさくなった。

「じゃあ、舐めますよ」

とにかく目的を果たさなければと、パンティのクロッチ部分に指をかける。奈緒子は抵抗することなく、されるままになっていた。

股の部分を横にずらし、秘苑をあらわにしたところで、まさかと目を疑う。前回、そこにあったはずの恥毛が、影もかたちもなかったのだ。

「お仕事で、かなり際どい水着の撮影があったから、剃ったのよ」

訊ねる前に、彼女が説明する。処理してから二、三日は経ったのか、生えかけの黒い点がポツポツとあることに気がついた。それが妙にエロチックである。

ややくすんだ肌に、くっきりと刻まれた秘割れ。奥の方に、ベロみたいにはみ出した花弁が見える。

外気に晒されたそこから、より酸味を強めた秘臭が漂ってくる。それに惹かれるみたいに、雅彦は唇を寄せた。

チュッ――。

割れ目の上部を軽く吸っただけで、腰がビクンとわななく。

「あふぅ」

切なげな声が聞こえて、反射的に舌を出す。裂け目に差し入れると、ほのかなしょっぱみが感じられた。

(これが奈緒子さんの味なのか)

匂い同様に好ましい。もっと味わいたくて、女芯を抉るように舌を動かす。

「あ、ああっ、あ――」

いっそう艶めいた声が、フェリーのエンジン音にも負けないほど響く。かなり感じているようだ。

後ろに回した手で剝き身の臀部を揉み撫でながら、雅彦はクンニリングスを続けた。だが、すべすべの肌と、ぷりぷりしたお肉の感触が手のひらに快くて、そこをもっと愛でたくなる。

手だけでなく、顔でも。

「えと、後ろを向いてもらえませんか」

秘部から口をはずしてお願いすると、奈緒子は「ええっ!?」と難色を示した。尻を差し出して羞恥帯を晒すのだと、すぐに理解したのだろう。それでは女陰ばかりか、秘肛まで見られることになる。

だが、快楽の園に足を踏み入れた彼女は、どんな破廉恥なポーズでもかまわない、気持ちよくしてほしいという心境になっていたのではないか。

「エッチなんだから……」

つぶやくようになじりつつ、からだの向きを変える。煙突に縋りつくようにして、ヒップを後方に突き出した。ワンピースをたくし上げたまま。

たわわに実った二十五歳の美尻は丸まるとして、巨大なお餅の固まりというふう。おっぱいにも負けない迫力がある。目の前にすると、今にも押しつぶされるのではないかという錯覚をおぼえた。

ナマのおしりを目にしているように感じたのは、Tバックの後ろ側がほぼ紐だったからだ。臀裂の谷底はかろうじて隠していたものの、クロッチ部分がずれ、肉色の花弁が脇からはみ出している。

そのままでも舐めることは可能だ。しかし、邪魔になる上に、アヌスをしっかり拝めない。

面積の著しく小さな下穿きを、雅彦は膝まで引き下ろした。

「やんッ」

奈緒子が小さな悲鳴をあげる。

(ああ、いやらしい)

淫靡な眺めにナマ唾を呑む。セピア色の恥裂がほころび、濡れた花びらが逆ハート型に咲き誇っていたのだ。狭間に覗く粘膜部分に、透明な蜜をたっぷりと溜めて。無毛ゆえに、卑猥さ五割増しである。

また、デルタゾーンはちゃんと処理していたのに、可憐なツボミの周囲には、細くて短めの秘毛が残されていた。単に手が届かなかったのか、あるいは、そちらには何も生えていないと思っていたのか。

膝に絡まったTバックの裏側を見ると、狭いクロッチは全体に黄ばみ、白く濁った粘液がべっとりと付着していた。クンニリングスをする前からこうなっていたのは明白で、やはり淫らな気分を抑えきれずに、年下の男に声をかけたのではないか。

グラビアアイドルの生々しい痕跡は、雅彦を大いに昂ぶらせた。鼻息を荒くして尻に顔を埋め、こもる淫臭を嗅ぎ回らずにいられないほどに。

「ああ、いやぁ」

奈緒子が嘆き、羞恥に抗えず尻をくねらせる。けれど、舌が再び恥割れに入り込むと、女芯をすぼめて「くぅううーン」と啼いた。

（うう、なんて柔らかいんだ）

顔に密着する尻の豊満さと弾力に、雅彦はうっとりした。巨大なマシュマロかゴムまりか。桃肌がシルクみたいにすべすべしているのもたまらない。ひとに見られる仕事をしているから、お手入れは欠かさないのだろう。

ただ、尻割れにめり込んだ鼻は、到底ひとには知られたくないであろう、猥雑なパフュームを嗅いでいた。蒸れて熟成した汗の香りに、プライベートな発酵臭をほのかに含んだもの。

魅力的な女性の正直すぎるおしりの匂いは、牡の劣情を際限なく高める。雅彦はズキズキと疼く分身に悩ましさを募らせながら、舌を忙しく律動させた。

「ああ、いや——くううう、き、気持ちいいッ」

すすり泣き交じりによがる奈緒子が、尻の谷をいく度もすぼめる。快感で汗ばんだのか、鼻腔に新鮮な酸っぱみが感じられた。

そのとき、ふと気になる。

(奈緒子さんも、おしりの穴が感じるんだろうか?)

アナル舐めで秘部をしとどに濡らした亜矢のことを思い出す。奈緒子もそうなのかと考えたら、試さずにいられなくなった。

それに、やろうと思えばすぐにでもできるのだ。

入浴後の亜矢ですら、あれだけ嫌がったのだ。奈緒子はそれ以上かもしれない。だが、仮に変態だと罵られてもかまわなかった。感じる感じないは別にして、雅彦自身が是非とも舐めたかったのである。

迷うことなく舌を移動させ、愛らしいツボミをチロチロとくすぐる。途端に、豊臀がビクンとわなないた。

「え、そ、そんなところまで舐めてくれるの?」

驚きを含んだ声は、歓迎しているようでもある。ならばと、秘肛をほじるようにねちっこく舌を動かすと、「はううっ」と艶めいた声が聞こえた。

（感じてるんだ、奈緒子さん……）

全身を熱く火照らせながら、一心にアナル舐めを続けると、彼女は呼吸をはずませて悶えた。

「ああ、ご、ごめんね……そこ、洗ってないのに」

申し訳なさそうに言うのがいじらしい。もっとサービスしてあげようと、雅彦は尖らせた舌先で、放射状のシワをひとつひとつ丁寧に辿った。

「くうう、く、くすぐったいぃ」

切なげに身をよじるものの、ただくすぐったいばかりではあるまい。その証拠に、秘肛を舐めながら恥芯を指でまさぐれば、多量の蜜をこぼしていたからだ。

（おしりの穴を舐められるのが好きなんだな）

だが、自分から舐めてとねだるのは、さすがにできなかったのではないか。大胆なようで、恥じらいや慎みのある女性だから。

だったら、自分が望みを叶えてあげようと、執拗にアヌスをねぶり続ける。その部分にあった匂いや、ほのかな味が完全になくなっても、舌を律動し続けた。ふくらんで硬くなったクリトリスを、指先でこすりながら。

「あ、あ、も、もうダメっ」

唐突に全身を震わせて、奈緒子がハッハッと呼吸を荒ぶらせる。艶尻を激しく上下にはずませたかと思うと、

「あああああ、い、イクぅーッ！」

ひときわ甲高い嬌声を張りあげ、絶頂に昇りつめた。間もなく脱力し、崩れそうなからだを煙突にあずけて、どうにか支える。

（イッたんだ……）

目の前の、ヒクヒクと蠢く肛穴と女唇を見つめて、雅彦は感動にひたった。これで三人の女性をアクメに導いたことになる。

硬く強ばりきっていたペニスが、今度は自分の番だとばかりに脈打ち、自己主張をする。雅彦はズボンの上からそれを握りしめた。

（奈緒子さんとしたい――）

薄白い蜜汁をこぼす淫膣に、硬い肉棒をぶち込みたい。目一杯突きまくって、奥にたっぷりと精液をほとばしらせたい。そんなことを考えるだけで、頭がクラクラするようだった。

射精したくてたまらなくなっていることを告げれば、彼女は挿入を許可してくれる

のではないか。この体勢なら、すぐにでも結合できるのだから。

ところが、お願いしようと口を開きかけたところで、携帯の着信音が鳴る。ディレクターからだった。

『上陸の撮影準備にかかるぞ。すぐに戻ってこい』

「わ、わかりました」

『あと、小日向を見かけたら、呼んできてくれ。携帯を置いていったみたいで、連絡がとれないんだ』

まさか目の前に、恥ずかしいところを全開にした本人がいるとは言えない。

「はい。それじゃ、探しながら戻ります」

ため息をついて電話を切り、ディレクターから連絡があったことを奈緒子に告げる。

「ん……わかったわ」

彼女はよろけながらもどうにか立ち、膝に止まっていたTバックを引っ張りあげた。

それから、ふたりで船室に向かう。

「気をつけてくださいよ」

まだ足元が覚束(おぼつか)ない様子の奈緒子に声をかけるものの、雅彦自身も真っ直ぐに立って歩くことができずにいた。勃起が少しも収まっていなかったからだ。

（まだ目的地にも着いていないっていうのに……）

こんなことでいいのかと、さすがに反省する。もっとも、そばを歩くグラビアアイドルの、魅惑のボディが漂わせる甘い香りを嗅いで、性懲りもなく分身を脈打たせるのであった。

4

女房島は、予想したよりも大きな島だった。

遠くから眺めたときには、水平線に影が見えるだけだった。ところが、フェリーが近づくにつれ、それははっきりとした大地の様相を見せた。

さらに、港に着くときには、ひょっとしてフェリーはUターンして本州に戻ったのではないかとすら思えたのである。埠頭で下船し、フェリー乗り場前の風景を目にしたときにも、海を渡って見知らぬ島に着いたという感慨はなかった。

聞けば、今は島全体がひとつの町——女房町になっているが、もともと五つの町があったのを合併したという。人口も島全体で五万人近いそうだ。当然、面積も大きい。沖縄本島の半分近くあるとのこと。

それだけ大きくて、しかも標高数百メートルという山もあるから、島というイメージからはほど遠く感じられる。港近辺は本州でもそこかしこに見られる、いかにも海沿いの観光地という眺めだ。

もっとも、目的地はここではない。女房島に降り立った場面の撮影を終えたあと、探検隊は私服に着替えた。

今回のテーマは女人の島――乳島の検証である。いかにも何かを調査しますなんて格好で訪れたら、島民に怪しまれる。あくまでも観光で訪れたと装うことにしたのだ。予約した乳島の民宿にも、会社の慰安旅行だと伝えてある。撮影も隠し撮りというか、一般の観光客が持つようなハンディタイプのデジタルカメラを用意した。持つのはカメラマンの漆水と、雅彦である。

民宿に電話をしたときに話したのは、やけに色っぽい声の女性だった。ただ、行ってみて、普通に男も住んでいたら、探検は終了だ。せいぜい噂の出所を探るぐらいしかできない。

しかし、もしも本当に女性しかいなかったら――。

(どうしてなのかは、島のひとに訊ねるしかないだろうな)

簡単に教えてもらえれば、噂は本当だったということで番組は終わる。しかし、余所者には明かせないような事情があったら、それをさらに調べることになるだろう。

　つまり、実際に行ってみないことには、番組がどういう構成になるのかわからないのだ。撮れ高によっては四回ぐらいまで引っ張れるかもしれないし、最悪の場合、一回の放送で終わる可能性もある。

　そして、それとは別のことでも不安があった。

（さすがにあの噂はデマだよな……）

　構成作家が、ひょっとしたらと付け加えたことがあったのだ。

『実は、男がいない理由にはもうひとつあって、島に渡った男は、女たちに精を搾り取られて殺されるというんです。で、死体は海に捨てられて、魚介類の餌になると。だから島の近海は水産資源が豊富なんだそうです』

　人魚なんてロマンチックな伝説とはほど遠い、やけに猟奇的な話である。ということは、自分たちも島に行ったら命はないということだ。

　だが、調べたところ島には民宿があって、電話をしたらちゃんと予約を受け付けてくれた。そんな犯罪じみたことをするのなら、そもそも観光客など受け入れないはず。行方不明者の捜索依頼が出て、警察沙汰になるのは避けられないからだ。

　まあ、ふらりと訪れるような風来坊なら別だが。

とにかく、こちらはひとりではないのだ。仮によからぬことを企んでいるのだとしても、そうそう無茶はしまい。あとは向こうに着いたら、乳島訪問は会社の他の人間も知っていると伝えればいい。捜索願を恐れて、命を取ることはしないはず。

乳島行きの船は、フェリー乗り場から離れたところにある船着き場から出る。決まった時刻に出航するわけではなく、事前に予約するか、お客が来たら船を出すというシステムらしい。要は利用者が多くないということだ。それに、片道二十分ぐらいとのことだから、そういうやり方でも充分に対応できるのだろう。

船は大きめのモーターボートというふうで、スピードは出そうだが乗船定員は九人と少ない。今日は天気がいいから外しているが、雨の日は幌をつけるそうだ。

操縦士は、三十路過ぎと思しき女性であった。

「お姉さんは、乳島のかたなんですか？」

操縦席の隣に坐った浩美が、それとなく訊ねる。彼女だけは顔バレする恐れがあったので、サングラスとウイッグで変装していた。

「ええ、そうですよ」

操縦士の女性が明るく答える。こちらの素性など、少しも勘繰る様子がない。

「女性でこういう仕事をされるかたというのは、珍しいんじゃないですか？」

「ああ、そうかもしれないですね。だけど、仕方ないんですよ。何せウチの島は男手がないもんだから」

この返答に、探検隊の一行は色めき立った。

（やっぱりそうなのか！）

雅彦は胸を高鳴らせつつ、カメラのレンズを操縦士の女性に向けていた。隣ではディレクターが、バッグに隠した小型アンプのつまみを調整している。浩美の服の中に、会話を録音するための小型マイクが仕込んであるのだ。

「え、男手がないって？」

「まあ、言葉どおりですよ。ところで、皆さんはどちらで乳島のことを知ったんですか？」

はぐらかすように訊ねられ、何か事情があるのだと悟る。これは確かに調査する価値がありそうだ。

後ろを振り返った浩美が、他のメンバーに向かって小さくうなずく。女人の島だなんて、単なる興味本位でしか見られないと、彼女はかなり渋っていたのだ。けれど、ここに来て隊長としての使命感に燃えてきたようである。

今回はなかなかスリリングな探検になりそうだ。雅彦は密かに身震いした。

女房島とは違い、乳島はいかにも島という眺めだった。船は端っこのほうに古い漁船がひとつ着いた港は漁港も兼ねているようだったが、船外機付きの小さなものが何艘かある程度だ。残されているだけ。あとは船外機付きの小さなものが何艘かある程度だ。

港の近くには小さな商店と、簡易郵便局がある。ここが島の中心らしい。事前に調べたところ、島全体で三十戸足らずということだったから、民家の半分近くは港の周辺にあるようだ。

この島は、行政区分としては女房町の一部になっている。そして、見回せば、港のそこらにいる島民はすべて女性であった。しかも、二十代から三十代の、若い世代ばかりである。

「ここって、本当に女人の島みたいだわ」

浩美が目を輝かせ、カメラを意識した台詞を口にする。彼女を撮るのは漆水だ。雅彦も今回ばかりは奈緒子のヒップではなく、島の様子を丁寧に撮影した。

もっとも、奈緒子はフェリーと同じワンピース姿だった。Tバックのパンティもそのままなのだろう。風が吹いたらパンチラどころか素の臀部を撮る可能性があり、遠慮した部分もある。

民宿は、港を中心とした集落のはずれにあった。

そこは島でただひとつの宿泊施設だが、もともとそういう商売をしていたのではあるまい。佇まいがやけに立派で、昔の庄屋とか地主とか、いかにも島の実力者の家という雰囲気があったからだ。【民宿かのう】という看板が出ていなかったら、気後れして呼び鈴すら押せなかったに違いない。

けれど、民宿の女主人に迎え入れられるなり、ほっこりと癒やされた気分になる。

「いらっしゃいませ。お待ちしておりました。わたくし、当民宿の女将をしております、狩野乙葉と申します」

着物姿の彼女は、綺麗に結った髪がよく似合う和風美人で、年は三十代の半ばぐらいではないか。物腰は落ち着いているが、艶と張りのある肌から、まだまだ若いことが窺える。

「立派なお宅ですけど、さぞ由緒のあるお家柄なんでしょうね」

浩美の質問に、乙葉は「ええ、まあ」と品よく認めた。

「狩野家は、島の長のような地位にありましたから。ただ、それはあくまでも過去のことです。今では大きな屋敷を持て余して、こうして民宿を始めたぐらいなんですから。ただ、ひと手が少ないので、一日にひと組しかお泊めできませんけど」

「お客様は多いんですか？」

「まさか。まあ、近頃はおかげさまで、週末は空いていることはなくなりましたけど、以前は週にひと組あればいいほうでしたから」

「失礼ですけど、それで生活できるんですか？　本日の宿泊費も、お料理付きなのにとても安く感じたんですが」

するると、美人女将がクスクスと笑う。

「民宿だけの収入では、とても暮らしていけませんわ。他に仕事がありますので、民宿は道楽でやっているようなものです」

「他の仕事といいますと？」

「海女をしているんです。まあ、島の住民は、ほとんどが海女なんですけど」

島の女性が海女をしているというのは、構成作家も話していた。あくまでも過去の話かと思っていたのだが、島の生活は昔も今もそう変わっていないのか。

それよりも、今の発言で気になるところがあった。

(乙葉さん、島の住民はって言ったよな……)

もしも男がいるのなら、島の女性と言うはず。ということは、やはりこの島にいるのは女性だけなのか。

浩美もそのことが引っかかったらしい。眉をひそめ、今度は違う方向からの質問を試みた。

「失礼ですけど、旦那様は？」

「五年前に亡くなりました」

乙葉がさらりと答える。浩美が「まあ、すみません」と頭を下げたのにも、「いいえ」と笑顔を見せた。

夫がいたということは、男もかつては住んでいたのか。しかし、死んだというのが引っかかる。もしかしたら、それは夫ではなく、精を搾り取られて殺された男のことを指しているのかもしれない。

「では、こちらの民宿はおひとりで？」

「いいえ。二つ違いの妹がおりますので。あと、忙しいときには、ご近所の方にお手伝いをお願いすることもあります」

子供はいないということで、この屋敷には彼女たち姉妹ふたりだけのようだ。だが、由緒ある家柄らしいから、当然跡継ぎが必要になるだろう。

（まさか、おれたちがその種付けをさせられるんじゃ――）

雅彦は不吉なものを覚えた。

第四章　淫らな洞窟を進め

1

その晩、雅彦はなかなか寝つかれなかった。

河童探検のときもそうだったが、あれは仏壇や遺影のある座敷に幼い頃の恐怖が蘇ったせいだ。今夜の部屋は普通の和室で、そういうトラウマを呼び起こすようなものはない。

というより、押し入れ以外には何もなかったのだ。

さすが、島の長の屋敷だけあって、部屋数は多い。おかげで、一行はひとりにひと部屋ずつあてがわれた。

雅彦は下っ端だから、一番小さな部屋であったが、それでも六畳ある。住んでいる

１Ｋのアパートも六畳で、けれど畳の大きさが違うのか、はたまた何もなくがらんとしているからか、ずっと広く感じられた。

そんな部屋にたったひとりでいるものだから、心細くてたまらない。かすかに聞こえる波の音にも、もの寂しさが募った。

だが、眠れなかったのは、それだけが理由ではない。何かとんでもないことが起こりそうな予感が、ずっと続いていたのだ。

とは言え、具体的に何かあったわけではない。この島に女性しか住んでいないのは確かなようでも、だからと言って男たちをどうこうしようという雰囲気は感じられなかった。少なくとも、ここ狩野家の姉妹は、雅彦たちを丁重にもてなしてくれた。

夕食は広間に用意されたのであるが、大きくて立派な座卓の上に、海の幸を中心にした料理が所狭しと並べられたのだ。それこそ、東京あたりでこれだけのものを食べたら、一ヶ月分の給料が完全に吹っ飛ぶに違いない。

何より驚かされたのは、アワビであった。お造りや肝が、殻を器にしててんこ盛りになっていた。もともとかなり大きなものだったようで、それこそひとつ数万円はくだらないのではないか。

「すごいですね。わたし、こんなにたくさんのアワビを見るのは初めてです」

メンバーの中では一番いいものを食べているはずの浩美ですら、目を丸くしたぐらいである。おまけに、食べてみれば歯ごたえが良く、味も濃厚。一同はここに来た目的も忘れ、我先にと箸を出した。

他にもたくさんのお造り、焼き魚、煮魚、貝料理の他、山菜の天ぷらもあった。隣の女房島で醸造された日本酒も美味しくて、まさに至福のひとときであった。

「こんなにたくさんのご馳走を出していただいて、わたしたちはとても有り難いんですけど、民宿の経営はだいじょうぶなんですか？」

浩美の質問に、乙葉は口許に手を当てて愉しげに笑った。

「はい。先ほども申しましたけど、民宿は道楽でやっているようなものですから。それに、こちらの品々は、ほとんどがわたしと妹で海に潜って獲ってきたものですから。お魚も、漁をしている方から安く分けていただいたものですし、山菜は裏山に入れば、いくらでもありますわ」

それなら元手はほとんどかかっていないと言えるかもしれない。

宴の途中で、乙葉の妹の乙音が広間に来た。村藤が是非お目にかかって礼を述べたいと言い、呼んでもらったのである。

姉妹だけあって、ふたりはよく似ていた。ただ、雰囲気やひと柄は異なる。姉の乙葉がひと目を惹く百合(ゆり)の花なら、妹の乙音はひっそりと咲く月見草(つきみそう)というふう。もともとひと前に出ることが好きではないらしく、どこかオドオドしていた。

それでも、淑(しと)やかな物腰で座卓を回り、みんなにお酌(しゃく)をしてくれたのである。

あれこれ話す中で、乙葉が浩美の五つ上ということが明らかになった。そうすると民宿の女主人が三十四歳で、ふたつ下の乙音が三十二歳ということになる。成熟した美女がふたりで切り盛りする民宿。建物が立派で食事も豪勢。これは宣伝したらかなりお客が来るのではないか。

着くまでが大変と言えば大変だが、時間をかけてでも訪れる価値がある。それに、今日はほとんど見られなかったが、島の景色もなかなか良さそうだ。女房島は観光地として知られているけれど、乳島ももっと評価されるべきではないか。

まあ、民宿が一軒しかないから、なかなか宣伝しづらいであろうが。それに、観光客が海へ入り海女の漁場が荒らされるのを懸念しているのかもしれない。

ともあれ、美味しいお酒と料理でもてなされ、風呂もゆったりとつかれる大きなもので、一行は心から癒やされた。部屋に入れば蒲団もふかふか。糊(のり)のきいたシーツも心地よく、最高の気分だ。

なのに、この不吉な物思いはなんだろう。

（考えすぎてるだけなんだな、きっと……）

怪しい島という先入観があったものだから、あれこれ疑ってしまうのだ。乙葉には夫がいたのだし、女人の島というのも単なる噂ではないのか。

寝る前の打ち合わせで、明日はこちらの正体を明かし、噂に関してインタビューをすることになっている。それで謎はすべて明らかになるはず。

（まあ、探検にはならなかったけど、乳島の見所とか伝えれば、二週ぐらいは持つんじゃないかな）

豪勢な夕食も、きっちりカメラに収めてある。グルメ番組っぽくなっても、それはそれで有りではないか。もともと番組としての広がりを求めて、今回の行き先を決定したのであるから。

とにかく眠ろうと、雅彦は目を閉じた。そのとき、部屋の障子戸が開く気配があった。

（え？）

驚いてそちらに目を向ければ、白い肌襦袢（はだじゅばん）をまとった乙葉が入ってくる。その後ろには乙音もいた。

「あ、な、何か――」

焦って身を起こすと、乙葉が鼻の前に人差し指を立て、「シーッ」と合図する。常夜灯のともる薄暗い部屋でも、白装束の熟女姉妹は、息を呑むほどに美しかった。

戸惑う雅彦の前に、ふたりの美女が進む。乙音は相変わらず控え目だったが、乙葉は堂々としたものだった。

おかげで、雅彦のほうが、何か悪いことをしたのかという心境になった。

「え、えと、何か？」

怖ず怖ずと訊ねると、三十四歳の未亡人がほほ笑んだ。

「これから、夜のサービスの時間です」

「さ、サービスって？」

「それは、すぐにわかりますわ」

彼女の言葉は嘘ではなかった。確かに、すぐに判明したのである。なぜなら、美熟女姉妹がそろって肌襦袢を脱いだから。

(わわっ！)

雅彦は心の中で声をあげ、尻を据えたまま思わず後ずさった。

彼女たちは襦袢の内側に下着をつけていなかった。雪のように白い肌の、均整の取れたオールヌードが二体、目の前に立っている。たわわに実った乳房も、股間の黒い繁みも隠そうとしないで。乙音は俯きがちで、頬が赤らんでいる様子であるが、乙葉は妖艶な微笑を浮かべていた。

(サービスって、それじゃ――)

明らかに性的なサービスのことなのだ。

「では、失礼します」

ふたりが膝をつき、蒲団の両側から迫ってくる。雅彦は少しも動けなかった。ひたすら魅惑の熟れボディに見とれ、漂う甘い匂いに陶然となる。それは湯上がりの石鹸の香りであった。

Tシャツにブリーフのみの軽装だった雅彦は、姉妹の手でたちまち素っ裸に剥かれた。掛け布団がどかされ、シーツに仰向けで寝かされると、右側に姉の乙葉が、左側に妹の乙音が添い寝する。

ふたりの全裸美女にサンドイッチにされ、けれど股間の分身は平常状態を保っていた。急な展開に置いてきぼりを喰らい、気後れしていたのである。

「ううぅッ」

雅彦は呻いて身を震わせた。軟らかなままだった肉器官に、しなやかな指が絡みついたのだ。

それは未亡人である乙葉の指だった。

「さ、リラックスしなさい」

ひと回り近く年上の熟女に言われ、本当に気持ちがすっと楽になる。優しい声が、鼓膜を優しく震わせてくれたからなのか。

おかげで、海綿体に血液が集結する。

「まあ、すごいわ」

ほんの数秒でピンとそそり立った肉茎に、乙葉が目を細める。外側の包皮を上下にスライドさせ、緩やかな摩擦で快感を与えてくれた。

(ああ、こんなのって……)

軽くしごかれているだけなのに、目がくらむほど感じてしまう。熟れた裸身に挟まれて、官能的な気分が高まっているせいもあるのだろう。

「とっても硬いわ。やっぱり若いからなのね」

うっとりした声音で言われ、分身をいっそう脈打たせてしまう。すると、

「乙音、キンタマをさわってあげて」

姉の指示に、妹熟女が身を強ばらせる。それでも、恐る恐るというふうに、その部分へ手を移動させるのがわかった。

「くぅうッ」

持ちあがった陰嚢に、柔らかな手が添えられる。揉むようにさすられて、悦びが倍以上にふくれあがった。

(このひとたちはいったい——)

蕩けるような快楽にまみれながらも、彼女たちがどうしてこんなことをするのか気になる。まさか毎回、宿泊客にこんなサービスをしているのか。

いや、噂どおり、男の精を搾り取るつもりかもしれない。自分が選ばれたのは、若いから生きのいいザーメンがたっぷり採れると判断されたからだとか。

そのとき、

「あなたたち、テレビ局のひとでしょ?」

乙葉が耳もとで囁き、ドキッとする。それまでの品のある口調も、くだけたものに変化していた。

「い、いえ、僕たちは同じ会社の——」

予約したとおりの身分を主張しようとしたものの、

「同じテレビ局ってことでしょ? まあ、女性ふたりはタレントさんみたいだけど」

すっかり見透かされていたようである。気をつけたつもりだったが、見た目や雰囲気からして、普通の会社員には見えなかったのではないか。それに、ふたりもビデオカメラを回していたのだから。

（まあ、明日には打ち明ける予定だったんだし）

べつにかまわないかと、雅彦は観念した。

「はい、すみません。実は、トングテレビというCS局の取材班でして――」

番組名は明かさずに伝えると、未亡人が《やっぱり》という顔を見せる。驚いたことに、彼女は来島の目的もわかっていた。

「あなたたち、あの噂を確かめに来たんでしょ？」

「え、う、噂って？」

「この島には女性しかいないって話よ」

まさか、そこまで見抜かれているとは。まあ、他にマスコミが来る理由がないのかもしれない。近頃、観光客が増えたと話していたが、みんなそのことを確かめに来たのではないか。

「はい……そうです」

渋々認めたのは、熟女ふたりに股間を握られていたためもあった。逆らったらそこを引きちぎられそうな気がしたのだ。

もっとも、そんな猟奇的なことを好むようなひとたちではなかった。事の真相について、あっさり話してくれる。

「まあ、事実かどうかって言うと、事実じゃないわね。現にわたしには夫がいたんだし、乙音だって結婚しているんだから」

「え、そうだったんですか？」

まさか人妻だったとは。年齢的には夫がいてもおかしくはなかったが、ひと見知りするタイプのようだし、きっと独身なのだと思い込んでいたのだ。

「ええ、そうよ。まあ、今は家にいないけど」

「いないっていうのは？」

「漁に出ているのよ」

言われて、そういうことかと納得する。島に着いたとき、港には漁船がほとんどなかった。あれは漁で出払っていたためらしい。

「この島の女たちは、昔から海女をしているの。ただ、島に住むようになってから、百年も経っていないわ。もともとは女房島の海女が、その季節になると島に来て、漁をしていたの。ただの漁場だったって。もちろん普通に結婚もしてたけど、海女の仕事だけで充分な収入があるから、男はほとんどヒモみたいなものだったの」

「まあ、深いところに潜るときには、命綱をつけることがあって、それを持つのも海女の夫の役目だったの。だから、ヒモっていうよりツナかしら」

そう言って、乙葉は可笑しそうにクスッと笑った。

「ヒモですか……」

「だから、乳島に住むようになったのは、もともと女房島に住んでいた海女たちなの。向こうには、もう海女は残っていないわ。ただ、年を取って海女ができなくなると、ほとんど女房島に戻るけどね。あと、子供ができた場合にも。この島には学校がないから、仕方ないのよ。だからこっちにいるのは、若い世代ばかりなの」

たしかに、島に着いてから見かけた女性たちは、みんな三十代以下だった。

「それに、男たちはみんな漁師で、しかも沖で漁をするから、家を空けることが多いの。そういうところから、この島には女しかいないっていう話が、もっともらしく伝わるようになったのね」

事情を聞けば、なんだというところ。神秘的な要素はまったくなく、それこそ人魚のにの字も出てこないではないか。

落胆が表情に出たようで、未亡人が興味深げに見つめてくる。それから、手にした強ばりをギュッと握った。

「あうう」

たまらず呻いた雅彦に、乙葉が警告する。

「今の話は、くれぐれもテレビで流さないでね。そんなことしたら、ただじゃ済まないわよ」

「ど、どうしてですか？」

「だって、真実が明らかになったら、噂を確かめようとやって来る観光客が減るじゃない」

つまり、彼女たちは噂を利用して、観光客を確保しようとしているのか。だが、事実はさらに込み入っていた。

「だいたい、あの噂の出所は、わたしたちなんだから」

「え、それって、乳島やこの民宿にお客を呼ぶために？」

「ていうか、女房島にね。この島はそもそも観光客を呼べるようなものはないし、漁で充分に収入があるから、それ以外のものは必要ないの。だけど、女房島は観光収入が減ったら、かなり苦しくなるのよ。それだけで食べているひともいるから。で、わたしたちももとは女房島の人間だから、協力することにしたの。ここに来るには女房島に寄らなくちゃいけないし、せっかく来たんだから、あちこち見てみようって気になるでしょ？　で、ついでに女房島も観光もしていくってわけ」

「そのためにあんな噂を……」

「もちろん、わたしたち姉妹だけで画策したわけじゃないわ。アイディアを出したのはわたしだけど、女房町の観光協会に友達がいて、その子がネットをうまく利用して広めたのよ。おかげで、噂を信じて、この民宿に泊まるお客が増えたわ。まあ、まだ微々たるものだけど、テレビ局まで来るっていうことは、それだけ噂が広まってるってことよね。これからもっと増えると思うわ」

にこやかに述べた乙葉が、手をリズミカルに上下させる。それに同調するように乙音も玉袋を撫で、快感が切ないほどに高まった。

「で、でも、実際に乳島へ来たひとは、噂は真実じゃないってわかるじゃないですか。そのひとたちが否定すれば、噂の効果はなくなると思いますけど」

「ああ、それならだいじょうぶ。だって、あなたたちもわかったと思うけど、実際に男を見かけないわけじゃない。だから、やっぱり本当だったんだって、すぐに信じてくれるのよ。それに、島のみんなも事情はわかってるから、それらしく対応してくれるし」

そう言えば、乳島へ来るときに乗った船の操縦士も、思わせぶりなことを言っていた。あれも想定済みの受け答えだったのか。

「だけど、ちょっと調べれば嘘だってすぐに――」

「あのね、噂を信じて来るようなひとたちは、そう簡単に噂を否定しないものなの。だって、それだとロマンがなくなるじゃない。心霊スポットとかに行くひとたちと同じよ。それこそちょっと調べれば、伝えられているような曰くはないってすぐにわかるのに、それをしないで怖がってるわけでしょ」

確かに一理あるから、雅彦は反論できなかった。すると、乙葉が意味ありげな微笑を浮かべる。

「まあ、何でもかんでも突き止めたいって人間はいるものだから、根掘り葉掘り訊ねるお客もいるわよ。でもだいじょうぶ。そういうお客には、ちゃんと対処方法があるから」

「た、対処方法って?」

「ねえ、もうひとつ噂を聞かなかった? 島に渡った男たちが、どんな目に遭わされるかって」

女たちに精を搾り取られ、魚の餌にされる――。まさかと信じなかったことが、事実だったというのか。

（それじゃ、しつこく探ってくるような男は、存在を消されるっていうこと？）

そして、自身も今まさにその状況にあるのだと悟り、雅彦は泣きそうになった。

「ふふ。その様子だと、ちゃんと聞いてるみたいね」

愉快そうに目を細めた乙葉が、屹立の根元をギュッと握る。そのまま引っこ抜かれそうな気がして、全身に鳥肌が立った。

「心配しなくても、命にかかわるようなことはしないわ。ただ、わたしたちに奉仕してもらうだけよ」

「え、奉仕？」

「ほら、旦那たちは漁でいないことが多いから、島の女性たちは、どうしても欲求不満になっちゃうの。だから、島に男が来るのは大歓迎なのよ。後腐れなく愉しめるから。噂を信じてここに来た男たちにこういうサービスをするのは、要は持ちつ持たれつってことなの。一石二鳥とも言えるかしら。男のほうは気持ちいいことをしてもらった上に、島に渡った男が女たちから精を搾り取られるっていう噂につながる体験をして、ますます信じてくれるわけ。で、女性たちも欲求不満が解消されるし、いいことづくめだわ」

なるほど、そうやって男のお裾分けがあるから、島の女性たちは噂が信じられるよう協力するのかもしれない。

「じゃあ、他のふたりも――」

村藤と漆水も、今ごろ同じ目に遭っているのか。はっきり口に出さずとも、乙葉はこちらの考えていることをすぐに理解した。

「ええ。今回は希望者が多かったから、ふたりの部屋には三人ずつ、島の奥さんたちが行ってるわ」

三人の人妻に責められて、果たして彼らは無事でいられるのだろうか。命まで取られることはなさそうでも、足腰が立たなくなる可能性はある。

「あと、女性ふたりの部屋にも、ふたりずつね」

「え？」

「この島の女性は、性に関してオープンなの。両刀遣いもけっこういるのよ」

では、浩美と奈緒子も人妻たちに愛撫され、女同士の禁断の快感に溺(おぼ)れているのか。

その場面を想像し、雅彦は全身がカッと火照るのを覚えた。

「あら、オチンチンがすごく硬くなったわよ。レズに興味あるのかしら？　エッチな子ねえ」

乙葉が妖艶な笑みをこぼす。もしかしたら、彼女も両刀遣いのひとりではないのか。

そして、妹と女同士の快楽に耽っているのだとか。

想像をふくらませ、ペニスをいっそう脈打たせた雅彦であったが、またも美しい未亡人に考えていることを悟られてしまう。

「あまり変なこと考えないでね。たしかにレズの経験はあるけど、さすがに乙音とはないわよ。まあ、3Pはけっこうあるけど」

「じゃあ、民宿の泊まり客を相手にするときには、いつも乙音さんと？」

「いつもじゃないけど、多いことは確かね。普段から三人でしてて、慣れてるから」

「え、三人って？」

「乙音の旦那とよ」

つまり、妹夫婦のセックスに、乙葉も参加しているということだ。

「わたしの旦那が亡くなったとき、乙音はまだ結婚してなかったんだけど、悲しんでいるわたしに言ったのよ。泣かないで、お姉ちゃんって。わたしが、お姉ちゃんもいっしょに愛してくれる旦那さんを見つけるからって」

そうすると、乙音の夫は、義理の姉とも寝ることを了承して結婚したのか。まあ、美しい姉妹を独り占めできるのなら、むしろ大歓迎かもしれない。

ただ、留守中に他の男とも愉しむというのは、自分だったら許容できないが。

「あ、それじゃ、この家はもともと乙葉さんたちの家で、乙音さんの旦那さんは婿に入ったんですね？」

ここは海女が拓いた島なのだ。それに、妹の夫の家に、姉妹で押しかけるのは図々しすぎるだろうと思ったのである。

「ええ、そうよ。狩野家はもともと女系の家柄なの。まあ、島の家は、ほとんどがそうなんだけど。やっぱり海女の島で、女がすべての中心だったから、自然とそうなったのかしらね」

やはり想像したとおりだった。そうすると、亡くなった乙葉の夫も、婿だったということになる。

（そのひとも、こんなふうに乙葉さんたちふたりを相手にしてたせいで、早死にしたわけじゃないよな）

それこそ精を搾り取られすぎて死んだのであれば、噂どおりということだ。しかし、さすがにそれは考えすぎか。

（でも、お姉さんのために、ふたりを愛してくれる旦那さんを見つけるなんて……乙音さんは、乙葉さんが大好きなんだな）

生真面目な表情で陰嚢をさすり続ける、三十二歳の人妻を見てそう思う。きっと昔から仲の良い姉妹だったのだろう。性格が違うから反発しあうことなく、互いに支えあってきたのではないか。

とは言え、夫を姉と共有するというのはちょっと、いや、かなり常識はずれのような気がする。

(じゃあ、旦那さんが漁から戻ったときには、こんなふうに……)

ひとりの男を相手に、美熟女ふたりが悶える場面が脳裏に浮かぶ。淫らすぎる夫婦と姉妹の関係に、雅彦は眩暈を起こしそうになった。

「あら？　またいやらしいことを考えているみたいだわ」

昂奮がペニスに伝わったようで、乙葉に悟られてしまう。しかし、そんなことはどうでもいい。

(今夜はおれが、このふたりの相手を――)

考えるだけで、分身が何度もしゃくり上げた。

2

「それじゃ、たっぷりサービスしてもらうわね」

乙葉がからだを起こし、肉茎から指をはずす。膝立ちで移動し、雅彦の胸を跨いだ。それも、たわわなヒップを彼に向けて。

（わ――）

思わず目を瞠る。彼女が大胆に股を割ったため、秘められた部分があらわになったのだ。

だが、明かりが暗いし影になっているから、女芯の佇まいを確認することができない。それでも、目の前に美しい未亡人のすべてがさらけ出されているという事実のみで、心臓がドキドキと高鳴った。

海女の仕事で海に入っているからか、三十四歳の女体は引き締まっている。臀部もキュッと持ちあがっており、いかにも鍛えられている感じだ。

（奈緒子さんのおしりとは違うな……）

グラビアアイドルの豊満な丸みとは異なり、触れたら硬いのではないか。けれどその予想は、敢え無く覆された。

「いいものをあげるわ」

言うなり、乙葉が腰を落とした。熟れ尻で、若い男の顔に坐り込む。

「むうう――」

雅彦は反射的にもがいた。けれど、予想外に柔らかい尻肉を受け止めて、瞬時に抵抗できなくなる。

(ああ、こんなのって……)

引き締まって見えても、熟女の臀部は決して硬くない。むしろぷりぷりした弾力がある。顔に乗ると、かなりボリュームがあることもわかった。

奈緒子のヒップに顔を埋めたときよりも、密着感が著しい。こちらから押しつけるのではなく、顔に乗られているからだろう。

けれど、まだまだ足りない。もっと重みをかけてもらいたくなる。窒息してもかまわないとすら思った。

そして、雅彦を陶酔へと誘ったのは、熟れ尻の感触のみではなかった。風呂あがりのはずなのに、乙葉の秘部は熱を帯び、酸味を含んだ媚香を放っていたのである。妹とふたりで若い男を弄(もてあそ)ぶという状況に昂奮し、秘苑を濡らしていたのだろうか。

「さ、おまんこを舐めなさい」

未亡人が卑猥な単語を用いて命じる。雅彦はすぐに舌を出し、蜜園に這わせた。秘毛はそれほど濃くないようで、少しも邪魔にならない。

(ああ、こんなに……)

案の定、彼女の中心は粘っこい蜜をこぼしていた。舌に絡むそれはほんのりとしょっぱいものの、優しい味わいだ。それに温かい。

ぢゅぢゅッ――。

音を立ててすすると、顔に乗った尻がビクッとわななく。「ああん」と艶っぽい声も聞こえた。

(よし、乙葉さんもイカせてあげよう)

すでに浩美、亜矢、奈緒子と、三人の女性をクンニリングスで絶頂に導いているのだ。雅彦は自信を持って四人目の女芯に挑んだ。

「あ、あ……くぅうう、き、気持ちいいッ」

熟女があられもない声をあげる。感じさせているとわかり、舌づかいがいっそうねちっこくなった。

「こ、この子、若いのに舐めるのがとってもじょうずだわ。あ、ああっ、そこ……あふぅう、も、もっとペロペロしてぇ」

艶腰が左右にくねり、柔尻が顔の上ではずむ。とめどなく溢れる甘蜜で喉を潤しながら、雅彦は敏感な部位を狙って吸いねぶった。

「あああ、お、おまんこいいのぉ」

はしたなくよがる乙葉であったが、年下の男に快楽を与えることも忘れなかった。

「お、乙音、この子のオチンチン、しゃぶってあげて」

妹への指示が耳に入り、雅彦は（え？）と訝った。

もちろん、してほしいという気持ちはある。だが、姉の後ろについて行動するような、万事控え目な女性が、そう簡単にフェラチオなどできるのだろうか。

少し間を置いて、猛りっぱなしの勃起が握られる。乙葉とは微妙に異なる感触。乙音の手だ。

（本当にしゃぶってくれるのか――）

その瞬間を待ちわびながら、姉熟女の秘芯を舐めていると、亀頭に温かな息がかかった。続いて、
チュッ――。

先端が軽く吸われる。途端に、痺れるような快美電流が背すじを伝った。

「むふぅううっ」

たまらず熱い吐息を女陰に吹きかけてしまう。

「うふ。オチンチン吸われて感じたの？」

ようやく一矢報いたみたいに、乙葉が得意げに訊ねる。しかし、雅彦にクリトリス

を吸われて、「きゃううぅッ」と甲高い嬌声を上げた。

フェラチオをされながらのクンニリングス。シックスナインは亜矢と経験済みだが、この場合は舐める相手としゃぶってくれる人物が異なっているのだ。より背徳感が強く、世界で一番いやらしいことをしている気分になる。

おかげで、たちまち限界が迫ってきた。

「むううぅーっ」

爆発しそうなことを、呻き声で訴える。けれどそれは、牡器官を口に入れた乙音には伝わらない。乙葉が代わりに教える様子もなく、素知らぬフリで「あんあん」とよがり続ける。

（ああ、まずいよ）

さすがに口内発射をすることはためらわれた。乙音は何も気づいていないであろうから、尚さらに。何しろ、舌づかいが次第に大胆になり、チュパチュパと舌鼓を打っていたのだ。さらに、陰嚢も優しく揉み撫でられ、ますます危うい領域へと追いやられる。

（ええい、もういいや……）

快感で理性が蕩かされ、忍耐が四散する。程なく、屹立の根元に溜まった悦楽の溶岩が暴れ出した。

「むっ、む——ふぅううううっ！」

腰をガクガクと上下させ、濃厚な牡汁を噴きあげる。

「ん——」

乙音が身を強ばらせたのが、口許の動きでわかった。それでも、すぐに舌を巧みに躍らせて、次々と溢れるザーメンをいなす。

（ああ、すごすぎる）

オルガスムスで敏感になった亀頭をねぶられ、雅彦は目のくらむ悦びに息を荒ぶらせた。頭がぼんやりして、何か考えることも億劫（おっくう）になる。

そのとき、顔に乗った重みがなくなった。

「イッちゃったみたいね」

乙葉は年下の男が果てたことを察して、腰を浮かせたようだ。

視線を下半身に向けると、ペニスを咥えた人妻が、困惑げに眉根を寄せていた。すでに放精は終わっており、そこは萎えつつある。

（うう、出しちゃった……）

だらしなくほとばしらせたことが、今さら情けなくなる。と、乙音がそろそろと頭をあげる。中の牡液がこぼれないよう、口許をキュッとすぼめて。

「くうう」

雅彦は総身を震わせて呻いた。射精後で過敏になった頭部粘膜を唇でこすられ、くすぐったさの強い快感が生じたのだ。

口から出た肉器官が、陰毛の上にくてっと横たわる。唾液で濡れているものの、白濁液は付着していなかった。射精したものは、すべて人妻の口内にあるのだ。

顔を上げた乙音は、眉間にシワを刻んでいた。口許をモゴモゴさせ、出されたものを持て余している様子だったが、意を決したように喉を上下させる。

(え、飲んだの?)

途端に、彼女の眼差しがトロンとして、やけに色っぽい面差しを見せた。まるで、精液を体内に取り込んだことで発情したかのように。

「あら、また飲んだのね。乙音は精子が大好きだものね」

乙葉がからかう口調で言う。けれど、控え目だった妹は、特に恥じらう様子を見せなかった。

それどころか顔を伏せ、萎えた牡茎に再びしゃぶりついたのである。

「あ――くうううッ」

敏感になっている分身が、温かな唾液を溜めた中でピチャピチャと泳がされる。くすぐったいようなむず痒いような、とにかく身をよじりたくなる気持ちよさに、雅彦は悶絶しそうであった。

そして、海綿体が瞬く間に充血する。

「ぷは――」

漲りきった肉根を吐き出し、乙音が大きく息をつく。頭部を赤く腫らしてそそり立つものを、うっとりした表情で見つめた。

(本当に、ひとが変わったみたいだ……)

いや、これが彼女の真の姿なのか。だからこそ、姉と一緒に淫らな行為に耽ることができるのだろう。

「また元気になったの？　早いわね」

乙葉がやけに艶めいた口調で言う。顔の横にいた彼女を見て、雅彦はドキッとした。なんと、自身の秘部に手を差しのべ、まさぐっていたのだ。

(オナニーしてるなんて……)

クンニリングスでイケなかったから、物足りずに自分でしていたのか。それとも、単に気分を高めていただけなのか。どちらにせよ、女体が燃えあがっているのは明らかだ。

「じゃあ、わたしが先にハメさせてもらうわね」

未亡人の姉が品のない言葉遣いで、人妻の妹に告げる。そのとき、乙音がわずかに不満げな表情を見せたのは、せっかく自分が勃たせたのにという思いがあったからなのか。

けれど、

「乙音もおまんこを舐めてもらったら？　この子、かなりじょうずよ」

クンニリングスを勧められると、彼女は素直に移動した。姉とは逆の向きで雅彦の頭を跨ぎ、淫蕩な輝きを湛えた瞳で見おろしてくる。

「わたしのも舐めて」

恥裂に両手の指を添え、自ら大きくくつろげる。秘められた佇まいが影になってよく見えないのは、乙葉のときと同じだった。

ただ、こぼれる匂いは姉のものより濃厚だ。フェラチオをしながら昂ぶったのか、チーズに似た悩ましいフレーバーに、牡の劣情が高められた。

（ああ、早く）

味わいたくてたまらなくなったところで、熟れ腰が降下する。濡れた苑が口許に密着し、秘毛が鼻の穴をくすぐった。

「ンふっ」

慌てて鼻息を出し、鼻腔に忍んだ縮れ毛を追い出す。妹のほうが繁みは濃いようだ。単に乙葉が処理をしているだけかもしれないが。

ともあれ、濡れ割れに舌を差し入れ、淫核付近を狙って律動させると、女らしい腰回りがビクビクと反応した。

「あ、あ、ほんとに気持ちいい」

今にも泣きそうに悦びを訴える声は、これまでの控え目な口調とは別人だった。もはや慎みも恥じらいも忘れて、快楽を求めるひとりの女になっている。

そのとき、腰を跨がれたのがわかった。

「じゃ、オチンチン借りるわよ」

乙葉の声に続いて、屹立に手が添えられる。下腹にへばりついていたものが起こされ、真上から重みがかけられた。

（熱い……）

亀頭がめり込んだところは熱を帯び、しとどになっている。見なくても、粘膜に滴るものの感触でわかった。

「こんな若いオチンチン、久しぶりかも」

はしたないことを口にして、未亡人が腰を沈める。たっぷりと濡れていた蜜壺は、いきり立つ若茎をやすやすと受け入れた。

(ああ、入っていく)

狭穴にずぶずぶと侵入する分身が、濡れた柔ヒダにこすられる。狂おしいまでの歓喜にまみれ、雄々しくしゃくりあげた。

「あん……いっぱい」

腰に坐り込んだ乙葉が、感に堪えないふうにつぶやく。途端に、膣がキュウッとすぼまった。

「むふぅ」

うっとりする悦びにひたり、雅彦は妹熟女の秘苑に熱い吐息を吹きかけた。与えられた快感のお返しに、敏感な肉芽を吸いねぶる。本人への返礼ではないが、この場合は致し方ない。

「あ、あっ、それいいッ」

乙音がよがり、下腹を波打たせる。さらなる快感を求めてだろう、自らも腰を前後に振りだした。

乙葉はそれ以上に貪欲だった。腰を回し、上下にもはずませる。股間同士のぶつかり合いが、パツパツと湿った音を立てた。

「ああ、あ、すごい……硬いオチンチン、好きぃ」

あられもないことを口走り、膣口をなまめかしく収縮させる。

（うう、気持ちいい）

雅彦は彼女の動きに同調して、腰を勢いよく突きあげた。

「きゃふっ、ふ――ううう、深いのぉ」

悩乱の声をあげる熟女は、もともと若くて生きのいい男が好みらしい。鉄のごとき肉棒に膣奥を突かれ、

「ああ、いいの、いい、あふぅ、か、カチカチのオチンチン最高ッ」

と、はしたなく悶えた。

（なんていやらしいひとなんだ！）

全身が火照り、ピストン運動とクンニリングスに熱が入る。

「くううう、い、いいの、もっとズンズン突いてぇ」

「あ、そこ――イヤイヤ、そ、そんなに舐めたら、おかしくなるぅ」

熟れ姉妹の艶声が交錯し、六畳の和室が淫ら一色に染まる。年下の男を相手に、ふ

たりは競うように高まっていった。

最初に昇りつめたのは、乙音のほうだった。

「あひっ、い、イクぅ」

秘核を強く吸われ、上半身をガクガクと揺らす。雅彦の上から崩れ落ち、すぐ隣にからだを丸めて横臥した。

「はあ、はッ——ハァ……」

あとは呼吸を荒ぶらせ、汗ばんだ裸身から甘酸っぱい香りを漂わせる。

視界が開け、腰に跨がる乙葉が目に入る。見えない状態ではよくわからなかったが、彼女は雅彦に背中を向けて繋がっていた。ぷりぷりしたヒップがリズミカルに上下し、下腹に打ちつけられる。

「あ、はふっ、ううう、あ——お、奥まで来てるぅ」

よがり声をあげて逆ピストンに没頭する姿はひたむきであり、卑猥でもある。おしりの切れ込みに出入りする肉根はほとんど見えないものの、時おり鈍い光を反射させた。女芯がこぼす蜜汁で、ベトベトになっているに違いない。

それだけ濡れていても、内部が狭く感じるのである。鍛えているおかげで締まりがいいようだ。

（乙音さんの旦那さんも、これはたまらないだろうな）

妻と妻の姉のふたりを相手にして、からだが持つのかと心配になる。乙葉はもちろん、おとなしい乙音も精液を飲むと発情し、激しく求めるようであるから。

まあ、普段は漁に出て、毎晩相手をするわけではないから大丈夫なのか。しかし、帰ってきたときには大変そうだ。疲れたからだを休めるどころか、漁以上に酷使されるのだから。それでは家に帰る意味がない。

ただ、それはこの家に限ったことではあるまい。他の家でも、夫が漁から戻るのを、妻たちは心待ちにしているはず。そのときには、きっと激しく求めるのだろう。

そう考えると、島に来た男を、島の女たちが共有するのは理にかなっているとも言える。求められてセックスできる男たちも、欲求不満を解消できる島の女たちも、それから過度に求められずに済む夫たちも、みんなが幸せになれるわけだ。

まさに一石三鳥。いや、三方一両得か。大岡越前なんか目じゃない。

「あ――あああっ、い、イキそう」

乙葉が呻くように絶頂を予告する。尻の上下運動が速まり、臀部と下腹が濡れた打擲音を響かせた。

雅彦もかなりのところまで高まっていたが、歯を喰い縛って堪えた。この調子で精液を搾り取られ続けたら、それこそ命にかかわると思ったのだ。それに、未亡人を妊娠させたくもなかった。

とにかく彼女をイカせなければと、タイミングを合わせて腰を勢いよく突きあげる。濡れ窟を深々と抉られ、乙葉は頂上へと走った。

「ああ、あ、イクイク、い、イッちゃうぅうううーッ！」

高らかなアクメ声を放ち、強ばった裸身をピクピクと痙攣させる。内部がいっそう強く締まり、雅彦は危うく爆発するところであった。

「——う、ううっ……くはっ」

深い喘ぎを吐き出したのち、彼女が脱力する。妹と同じように男の上から崩れ落ち、すぐ脇でからだを丸めた。

(姉妹だから、イッたあとも似てるのかな？)

そんなことを考えながら、猛々しいままの分身に目を向ける。白く濁った蜜でコーティングされたそれは、全体に赤くなっているように見えた。狭膣の摩擦が、それだけ強烈だったからだ。

とりあえず小休止かなと思ったとき、視界に手が侵入する。淫液で濡れたペニスが、ためらいもなく握られた。

乙音であった。

「あ、ちょっと――くうう」

どうにか乙葉の中で果てずに済んだのに、しなやかな指で握られて、目のくらむ快さが生じる。雅彦はまたも歯を喰い縛り、襲い来るオルガスムスを追い払わねばならなかった。

「今度はわたしよ」

当然の権利だとばかりに主張した人妻妹が、屹立にしゃぶりつく。姉の性汁にまみれているのを厭うことなく、こびりついたものを丹念に舌で清めた。

「うう……」

腰の裏がぞわぞわする気持ちよさに、雅彦は呻いた。だが、彼女の舌づかいは牡を高めるためというより、それこそクリーニングを施しているかのよう。快感を与えてくれるはずの肉棒を慈しんでいるのか、いたずらに上昇することはなかった。

そうしてペニスがすっかり綺麗になると、乙音は雅彦の手を引っ張って起こした。場所を交代し、両膝と両肘をついて四つん這いの姿勢になる。

「ね、後ろから挿れて」

ストレートなおねだりを口にし、尻を高々と掲げる。

浩美との初体験も、彼女が机に伏せてのバックスタイルだった。けれど、今回はよりケモノっぽい交わりを求められている。

(旦那さんがいるのに、いいのかな……)

そんな迷いが浮かんだのは、ほんの刹那(せつな)であった。乙音はおそらく夫のことを気にして、こういう体位を選んだのではないか。顔を合わせずに性器だけを交わし、情愛抜きで快楽を貪ることができるのだから。

精飲で発情していても、彼女は慎みを失っていない。勝手な解釈かもしれないが、雅彦は素直にそう信じられた。

「それじゃ、挿れます」

人妻の真後ろに膝立ちで進み、薄明かりの中、ぱっくり割れた臀裂の狭間に亀頭をもぐり込ませる。よく見えないものの、そちらにもかなり毛が生えているようだ。

性格は控え目でも、性毛は少しも控えていない。まあ、この場合は、毛深い女は情が深いと解釈すればいい。

どうでもいいことを考えながら、雅彦は腰を前に送った。

「あ――――」

蜜壷に先端が入り込んだだけで、乙音が声を洩らす。背中を反らし、肩甲骨(けんこうこつ)を浮かせた。

（乙葉さんよりも熱いみたいだぞ）

しとどになっているのは同じでも、粘膜の温度は妹のほうが高い気がする。あるいは、姉がセックスするのを盗み見ながら、情欲を燃えあがらせていたのか。

彼女の臀部を両手で支え、雅彦は残りぶんを膣内へ進入させた。

「あ、あ、来るぅ」

シーツに額をくっつけた乙音が、肩をワナワナと震わせる。尻の谷がすぼまり、迎え入れる牡器官を心地よく締めつけた。

（入った……）

深く繋がった実感が胸に満ちる。初体験から一ヶ月ほどしか経っていないのに、これで四人の女性を知ったことになる。クンニリングスも含めれば五人だ。

これがモテ期というやつなのかなと有頂天になりつつ、挿入したペニスをそろそろと引っ張り出す。半ばまで現れたところで、再び中へ戻した。

「くふぅうう−ン」

鼻にかかった声を洩らし、乙音が双丘をわななかせる。抽送を続けると、三十二歳の熟れたボディが、いやらしくくねりだした。

「あ、あふ、ふうう……う——あひぃ」

喘ぎ、よがり、すすり泣く。艶肌がまた汗を滲ませ出した。

(乙音さんのほうが、からだの反応が鋭いみたいだな)

感じやすいばかりでなく、新陳代謝も活発なよう。たち昇る汗の香りがなまめかしい。だから秘部の匂いも強かったのか。

もっとはしたない声をあげさせたくなり、雅彦は腰をリズミカルに振った。すると、いつの間に復活したのか、乙葉が背後からすり寄ってくる。

「ねえ、乙音の次は、またわたしに挿れて」

飽きることなく、貪欲に快感を求める未亡人。これは本当に、倒れるまで精液を搾り取られるのではないか。雅彦は思わず身震いした。

3

翌朝、「河口浩美探検隊」の面々は、全員寝坊した。お昼近くになって、ようやく朝食の用意された広間に集合したのである。

どうしてそんなに遅くなったのか、理由はみんな同じであった。部屋にやって来た島の女たちを相手に、明け方近くまで快楽を貪っていたからである。

そして、自分以外も同じ目に遭ったこともわかっているのだ。

(どうしてあんな噂が立ったのか、みんな理由を聞かされたんだろうな……)

雅彦は確信した。だから全員が無口なのだと。目が合っても気まずげに逸らし、何があったのかと訊ねることをしない。

「みなさん、お疲れみたいですね。さ、たくさん食べてくださいね」

朝食、というかほとんど昼食のご飯と味噌汁をよそいながら、乙葉は上機嫌であった。肌も昨日よりツヤツヤして見える。牡の精をたっぷり吸収したおかげだろう。

探検隊も、女性ふたりは眠そうではあるが、べつにやつれた様子はない。初めて経験したであろう女同士の戯れを、けっこう堪能したのではあるまいか。

ただ、仮に感じてしまったとしても、後悔しているのは間違いあるまい。浩美など、何かを反芻するみたいにボーッとしたあとに、焦りをあらわにかぶりを振った。あんなに乱れてしまった自分を、もう思い出したくないというふうに。

一方、男性陣は見るからに疲労困憊(こんぱい)の有り様だ。年長のふたりは目の下に隈(くま)ができているし、まさしく荒淫のあとという風情。頬もげっそりしている。

「さ、皆さん、こちらをどうぞ。精が出ますよ」

乙音が味噌汁を配る。これ以上、精を出してたまるものかと思いながら、小さな貝がたっぷり入ったそれに口をつける。出汁のせいなのか、それとも貝のエキスが滲み出ているのか、かなり濃厚な味わいだった。

（シジミかな？）

だとすれば、オルニチンで元気になれるかもしれない。

「あー、ホントにうまい」

ディレクターの村藤が、行儀悪く音を立てて味噌汁をすする。カメラマンの漆水も無言で貝殻をしゃぶっているから、過度のセックスのあとに効く成分でも入っているのだろうか。

昨晩、姉妹の子宮口に二度ずつ、口内発射も含めて合計で五回ほとばしらせた雅彦であるが、今朝は目が覚めたとき、普段どおりに朝勃ちをしていた。もっとも、若さゆえというより、単に勃ちグセがついただけかもしれない。疲れているのは年長のふたりと一緒だった。精がつくのならと、味噌汁をおかわりして飲んだ。

「ああ、それから、念を押すようですけど、昨夜聞かされた島の噂の真相に関しては、くれぐれも番組で取り上げないでくださいね」

乙葉がにこやかに述べるなり、一同の肩がビクッと震える。それぞれが同じように脅迫されたらしい。

「本当に女性しかいなかったとか、あと、ウチの民宿を紹介してくださる程度ならいいんですけど、それ以上突っ込んだ情報を流された場合、皆さんが昨夜どういうひとときを過ごされたのかを暴露しますからね」

この言葉に最も色めき立ったのは、浩美であった。顔色を変え、それだけは勘弁してほしいというふうに、涙目でかぶりを振る。

（いったい何をされたんだろう……？）

よっぽどの辱めを受けたのか、それともはしたなく乱れたのか。女子アナとしてのキャリアが台無しにされると言いたげなうろたえぶりだ。

「そ、それだけは勘弁してください。私にも妻子が――」

村藤もおろおろして、同情を引く弁明を口走った。彼が恐妻家だというのは、雅彦も聞いたことがある。かなりバイオレンスな奥さんで、ひと晩に三人の人妻を相手にしたなんてことがバレたら、酷い目に遭わされるに違いない。

「ですから、皆さんがこれからもまっとうな社会生活を送りたいのであれば、余計なことは口にしないことです。わかりましたね？」

笑顔の脅迫に、一同がうなずく。そのとき、乙音がお茶の用意をして、広間に入ってきた。最初に対面したときと同じく、控え目な物腰で。

（こんなおとなしそうなひとが、昨夜は別人だったものな……）

淫らに変貌した様を思い出したところで、人妻がこちらをチラッと見る。ほんの刹那、思わせぶりな笑みを唇の端に浮かべた。

（え？）

雅彦はドキッとした。淑やかな振る舞いはお芝居で、貪欲に男を求めた昨晩の姿が、本当の彼女なのか。

実際、雅彦が果てるたびにペニスを復活させたのは、乙音だった。最初はフェラチオで、それが難しくなると、尻の穴に指を挿れて前立腺を刺激したのだ。

同じことは、バージンの亜矢にもされた。だが、やはり乙音のほうが巧みで、瞬時にエレクトさせられたのである。

もっとも、彼女だけが特別なのではあるまい。島の女たちは、みんなが性に関してオープンで、心の赴くままに男を求めるのだ。もともと海女の島で、男がいなくても稼ぐことができたから、ここでは女尊男卑が当たり前なのだろう。肛門を刺激して勃起させるぐらい、日常的なのかもしれない。

（そうすると、女人の島っていうのは、まんざら嘘ではないとも言えるな）

男はたしかにいるけれど、主役はあくまでも女性。男は付属品か、それこそ種馬みたいなものか。

食事が終わり、座卓の上が片付けられる。お茶が配られたあと、

「では、ごゆっくりおくつろぎください」

言い残して、姉妹は広間を出て行った。

湯飲みのお茶をすすりながら、一同は無言であった。食事をしていくらかは落ち着いたものの、気まずいのは変わっていない。

場が持たなくなったのか、村藤がポツリと訊ねる。

「ヒザ水のところは、何人だった？」

「あー、三人です」

カメラマンが気怠そうに答えた。

「そうか。おれと同じだ。北田は？」

「あ、ええと、ふたりです」

「ふうん。ラッキーだったたな」

人数が少ないのなら、それほど搾り取られずに済んでよかったなと言いたげだ。だが、相手はここの美人姉妹で、連係プレーに慣れていたのである。射精回数は、こっ

ちのほうが多かったのではないか。

しかし、そんなことを比べても意味がないので、雅彦は黙っていた。

「じゃあ、河口さんは――」

浩美に話を振りかけた村藤であったが、彼女が《そのことは訊かないで》と言いたげに表情を険しくしていたものだから、気圧されたふうに押し黙った。

「だけど、どうするんですか？」

質問を投げかけたのは奈緒子だ。彼女はそれほど落ち込んでいる様子がなく、浩美ほどには後悔していないようだ。案外、過去にも女同士で愉しんだことがあるのかもしれない。

「え、どうするって？」

村藤が訊き返す。

「ですから、女人の島のことを、どこまで番組で取り上げるんですか？」

これに、あからさまな反応を示したのは浩美だ。

「そんなのダメよ。ヘタなことをしたら、わたしたちはおしまいなのよ」

あの毅然（きぜん）とした「隊長」が泣きそうになって訴えたものだから、他の面々は啞然となった。

（これは、相当な弱みを握られたに違いないぞ）

何があったのか、非常に気になる。とは言え、訊ねたところで教えてはくれまい。

「まあ、さっき狩野さんが言ったとおりになるかな。撮影できたのも、島に男の姿がなかったっていうところまでだし。あとは民宿の豪華な食事を紹介するぐらいしかできないよ」

完全に丸め込まれたディレクターが、無難なセンを口にする。

「それだと探検隊じゃなくて、グルメ番組みたい」

奈緒子は不満げだ。昨晩のことが暴露されてもいいから、真実を明らかにすべきだという考えなのか。すると、浩美が執り成すように言う。

「今回は仕方ないわ。だって、ああいう噂が出た真相を明らかにしたら、島の女性たちが何をしてきたかっていうことも話題にしなくちゃいけないでしょ。それは同性として、やっぱりちょっと気の毒だと思うのよ。あることないこと噂されて、夫婦関係に亀裂が入るかもしれないし。その、わたしたちがどんなことをされたのかっていうのは別にして、やっぱりあとのことを考える必要があるわ」

たしかに、すべてを視聴者に伝えるとなると、島の女性たちが来島した男たちとセックスしたことにも触れねばなるまい。それは多大な迷惑を彼女たちに及ぼすだろう。というより、そもそんな過激な内容が放送できるのか。

　とは言え、浩美が反論したのは、自己保身のために違いない。やはり昨晩のことを知られたくないのだ。

「だいたい、ウチの番組で取り上げたって、誰も本気にしないでしょ」

　彼女の身も蓋もない発言に、一同はあきれ返った。まさか冠番組を蔑ろにするなんて。そこまで追い詰められた心境になっているのか。

（浩美さんがここまで言うんなら、真相を伏せるしかないな……）

　番組の主役は彼女なのだ。ここまで言われたら、プロデューサーも従うはず。

「まあ、島の女性たちが非難されることになったら後味が悪いですし、河口さんがそこまでおっしゃるのなら、あたしも反対しません」

　奈緒子が浩美に同調する。仕方なくというふうではない。同性を嫌な目に遭わせたくないからだろう。昨晩のレズプレイで、情が移ったのかもしれないが。

「そうすると、尺を考えても一週か、せいぜい二週しか引っ張れないか」

　村藤がしかめっ面でこぼす。時間をかけてここまで来たのに、番組一、二回分しか撮れ高がなかったとなると、コストパフォーマンスが悪すぎる。おまけに、内容がただの旅番組かグルメ番組では、探検隊のタイトルに期待した視聴者もがっかりだ。その後の視聴率にも悪影響が出るのは目に見えている。

(プロデューサーもいい顔はしないだろうな)

だからと言ってすべてを明らかにはできないし、まさにあちらを立てればこちらが立たず、チンコを立ててもマンコが濡れず、最悪のジレンマ状態だ。

そのとき、広間に乙葉が戻ってくる。

「皆さん、何かお困りのようですけど、わたしから提案させていただいてもよろしいでしょうか？」

笑顔で言われて、探検隊の一同は顔を見合わせた。

「えと……提案というのは？」

村藤が訊ねると、未亡人女将が畳に膝をつき、正座する。それから、五人を見回した。

「わたしは、皆さんの番組を拝見したことがないんですけど、何でもあちこちを探検されているそうですね」

疑問ではなく伝聞の口調に、雅彦は戸惑った。

(え、誰か探検隊のことを話したのか？)

他の四人を見れば、村藤も漆水も、それから奈緒子も、怪訝な面持ちを見せている。

三人は夜這いの人妻たちに、そこまでは打ち明けていないということだ。

つまり、喋ったのは――、

「あ……」

他のメンバーから視線を向けられ、浩美は目一杯うろたえた。

「わ、わたしは、その――」

口ごもり、居たたまれなくなったらしく目を伏せる。これでは、自分が明かしたと白状したも同じだ。

(そうか、河口隊長が……)

そのとき、雅彦は悟った。彼女は辱められたわけではなく、女同士の行為を大いに愉しみ、悦びを与えられたのだと。だからどんな番組のクルーであるのかまで、気安く話してしまったのだ。

要は被害者ではなく、共犯になったということ。昨晩の件を誰にも知られたくないのは、はしたなく乱れてしまったからに違いない。一夜明けて、それが恥ずかしくなったのではないか。

ともあれ、浩美がバラしたおかげで、乙葉からアドバイスをもらえることになったのである。むしろ怪我の功名と言えるかもしれない。

「せっかく遠くまでいらしたのに、何も探検できないのではお気の毒ですから、わたしたちがお役に立てなかったお詫びに、皆さんに相応しい場所を紹介させていただきますわ」

　美しい熟女が、婉然（えんぜん）とほほ笑んだ。

　乳島をあとにした探検隊一行は、女房島に戻った。そこで今晩の宿を確保してから、レンタカーでロケハンに向かう。

　乙葉が教えてくれたのは、女房島の洞窟であった。

　女房島には、古い鉱山跡がある。江戸時代には金や銀が採掘されたとのことで、罪人などが島流しで連れてこられ、手掘りなどの労働に従事させられたそうだ。

　くだんの洞窟は、鉱山跡からそれほど遠くないこともあり、新たな鉱脈を見つけようとして何者かが掘ったのではないかと思われていたという。ところが、近年の調査で、人工的な穴ではないということがわかった。機械による掘削（くっさく）の跡が、まったく見つからなかったというのだ。

　洞窟の入り口は、海に面している。島の北側で風が強く、波も高いことが多い。

　よって、風や波など、自然の力で掘られたのではないかという説が、現在は有力である。もっとも、かなり深いため、もともと岩盤に裂け目なり、地震などによる崩落があって、それが雨風や波で広がったと考えられていた。

　しかし、もうひとつの説が、島には伝えられているという。

『女房島と本土のあいだにトンネルが存在するという伝説は、昔からあるんです。誰が掘ったのかというのは、島のタヌキが本土のキツネに会うために掘ったなんておとぎ話がありますし、島流しになった罪人が、本土に戻ろうとして掘り、途中で力尽きたという話もあります。だから、洞窟の行き詰まりには、ノミと金槌（かなづち）を持った人骨があるんだとか』

　乙葉の話に、全員が興味を持った。それこそ探検隊に相応しいネタではないか。

『ただ、何しろ深いですし、穴が崩れないとも限らないので、洞窟の端まで行った人間はいません。光が入らないから暗い上に、見た目や中の様子がとにかく不気味なので、みんな途中で引き返すんです。べつに入ることは禁止されていないんですけど、全貌を確かめた猛者（もさ）はいませんね』

　さらに彼女は、伝説の生き物のことも教えてくれた。

『みんなが怖がるのは、中に洞窟を守る巨大なヘビがいるという言い伝えのせいもあるんです。暗いところにいるためにからだが真っ白で、しかも頭がふたつあるんです。

頭がふた股になっているわけじゃなくて、尻尾のほうにも頭があるっていうヘビです。それが人間を見つけると、ふたつの頭を向けて襲ってくるんです。その姿があまりにも恐ろしいので、目撃した人間は頭がおかしくなってしまうのだとか』

そのヘビの姿を想像し、雅彦は思わず身震いした。不気味な洞窟の中でそんなものに襲われたら、たしかに正気ではいられないだろう。

どうしてできたのか定かではない、謎の洞窟。島の伝説と歴史の暗部。ＵＭＡどころではない恐ろしい生物――。

見所満載だ。まさに探検隊のためにあるような洞窟ではないか。

この話を聞いたあと、村藤はすぐにプロデューサーと連絡を取った。そして、ロケ延長の許可を得ると、もう一度乙葉に洞窟の話をしてもらい、それをカメラに収めた。番組としては、女人の島で新たな情報を得た探検隊が、すぐさま次のところへ向かうという流れである。これなら女人の島の謎も、曖昧なまま誤魔化せるだろう。

ただ、行ってみて、画的に期待はずれだった場合は、目も当てられない。そんなことにはなりませんようにと祈りながら、一行は目的の洞窟に到着した。

「こ、ここがそうなの？」

浩美がそう言ったきり絶句する。奈緒子は表情を強ばらせたまま、少しも動けなくなった。村藤も漆水も、茫然として目の前の洞窟を見つめた。

そこは、海に面した岩壁が、女陰のごとく裂けていた。その下側に、膣口を想像させる穴がぽっかりと口を開けている。卑猥な眺めに加え、岩肌がやけに黒々としているものだから、不気味なことこの上なかった。

その場所は観光地の岩場や海水浴場からも離れている。やけに静かで、普段は誰も近づかないのではないか。

訪れたのが夕刻近かったこともあり、日が翳っていて岩の陰影が濃い。いっそう気味悪く感じる。中から真っ白なヘビが現れても不思議ではない。

(これは、好んで入ろうとするやつはいないだろうな)

雅彦は納得した。たしかに、立入禁止の立て札も、侵入者を拒むバリケードもロープもない。好きに入っていいわけだが、誰もがためらうに違いなかった。

たとえ、罪人の白骨や、守り神のヘビの話を聞いていなくても、

「……うん。画的にはバッチリだ。あとは本当に入るかどうかなんだが」

村藤が戸惑いを隠さずに言う。これはマジでヤバいところだと、本能的に察したのではないか。顔が引きつっていた。

「ちょっと怖すぎませんか？　ほとんど心霊ものですよ、これじゃ」

奈緒子が珍しく弱気になっている。ヘビが怖いからとオシッコに付き合わされたことを、雅彦は思い出した。

（そんな恐ろしいヘビが現れたら、それこそオシッコを漏らしちゃうだろうな）

そういう恥ずかしい場面が拝めるのなら、洞窟体験もいいかもしれない。などと、不謹慎なことを考える。

「怖いからこそいいんじゃない」

みんなを奮い立たせるように言ったのは浩美だった。ただ、声がいくぶん震えていたから、自らを勇気づけるためだったのかもしれない。

「隊長として命じます。明日は、ここを探検します」

高らかな宣言により、次の探検場所が決定した。

第五章　双頭の蛇が女を濡らす

1

洞窟探検の準備など、何もしてこなかったのである。明日に備え、まずは必要な物品を買い出す必要があった。

幸いにも、島には大きなホームセンターがあった。全員でそこへ行き、ヘルメットや、頭につけるタイプのライト、予備の懐中電灯の他、あらゆる事態を想定して必要になりそうなものを購入した。もちろん、食料や水も含めて。

そして、その晩は早めに就寝したのである。

あいにく古いビジネスホテルしか泊まれるところがなく、しかもそこは防音がしっかりしていなかった。港の近くだったため、波音や漁船のエンジン音が遅くまでうるさく響いていた。

　しかし、どうやら乳島での荒淫の影響が残っていたらしい、雅彦は夢も見ないでぐっすりと眠った。

　ところが、翌朝は寝起きから戸惑うことになった。

（え、なんだ？）

　朝勃(あさだ)ちのペニスが、かつてない怒張を示していたのである。それも、ブリーフの前面に恥ずかしい染みをいくつもこしらえるほどに。

　淫夢など見なかったはずなのに、どうしてここまで元気なのかさっぱりわからない。さすがに昨晩はオナニーをしなかったけれど、二日前にひと晩で五回も射精したのだ。まだ精子は充分に補充されていないはず。

　首をかしげながらトイレを済ませ、ついでにシャワーも浴びて着替える。そこに至っても、勃起は少しもおさまらなかった。

　おまけに、股間が充実していたのは、雅彦だけではなかったのだ。

　出発の準備をしてホテルのロビーに行くと、村藤と漆水が先に来ていた。彼らは合点がいかないという顔つきで、こんな会話をしていたのである。

「おい、今朝、すごくなかったか？」

「はい。あんなに元気になったのなんて、ここ何年もなかったですよ」

「おれもだ。一昨日の晩、あんなに搾り取られたんだぜ」

「あれのせいじゃないですか。ほら、昨日の朝食で出された味噌汁」

それを聞いて、雅彦もそうに違いないと思った。

(ただのシジミとかじゃなかったんだな)

おそらく、あの島でしか採れないような、特別な貝なのだろう。乙葉が言ったとおり、男の精力を高めてくれるもの。オルニチンではなく、オレナイチンコみたいな成分が含まれているとか。

(乙音さんの旦那さんも、ふたりを相手にするときは、あれを飲まされているんだろうな)

まさに乳島の男たちのためにある貝と言えよう。

(じゃあ、女性はどうなるのかな?)

飲んだら濡れ濡れになる、媚薬的な効果があるのだとか。もしかしたら、浩美と奈緒子が発情して現れるかもしれない。

そんな期待を胸に抱きつつ待ったものの、間もなくふたり揃って現れた隊長と副隊長は、いたって普通であった。あの味噌汁は、男にしか効き目がないようである。雅彦はがっかりした。

　ともあれ、ホテル近くの喫茶店で朝食を食べ、さっそく洞窟へ向けて出発する。レンタカーの車中でもカメラを回し、洞窟探検を前にしたメンバーを撮影する。浩美も奈緒子も緊張の面持ちを見せていたが、演技ではなかったろう。

（だけど、頭がふたつのヘビなんて、本当にいるのかな？）

　普段なら、そんな妙な生き物が存在するはずないと、あっさり否定できるのである。ところが、洞窟の不気味さを目の当たりにしたあとだけに、もしかしたらという思いを拭い去れなかった。

　おかげでぼんやりしてしまい、浩美に声をかけられても上の空だったものだから、もっと緊張感を持ちなさいと叱られてしまった。相も変わらず駄目な下っ端の姿を、しっかり撮られたわけである。情けなくて、ようやく勃起がおさまったのは、不幸中の幸いなのか。

　浩美はかなり苛ついている様子であった。乳島でのことをまだ後悔しているのかと思ったが、どうも違うようだ。洞窟が近づくにつれて落ち着きをなくし、ペットボトルの水ばかり飲んでいた。

（そうか、怖いんだな）

他に理由は考えられない。河童探しや女人島とは異なり、今回は人跡未踏の洞窟という、まさに探検隊の名に相応しいところを訪れるわけである。化け物じみた生物の話や、罪人の伝説まで聞かされては、気を楽にして臨めまい。

ただ、それゆえに探検隊としての真価が問われるとも言える。浩美も重々承知していて、そのため緊張している部分もあるのだろう。

レンタカーを道の脇に停め、海岸へおりる。今回も雅彦はカメラを持っていたが、奈緒子のおしりは撮らなくていいと、村藤に言われていた。とにかく、女性ふたりが洞窟の中でどんな表情や反応を見せるのか、しっかり記録しろということだった。

(たぶん、悲鳴をあげるのを期待してるんだろうな)

洞窟を外から見ただけで、怯えていたのである。中に入ったら、おそらくそれ以上に怖がり、ちょっとしたことで驚いたり叫んだりするに違いない。洞窟内は暗くて、画的には派手なものが期待できないから、女性たちのリアクションが要になるはずだ。

だが、今ならいいだろうと、洞窟に着くまでのあいだ、雅彦はたびたび奈緒子のヒップや太腿にレンズを向けた。一度波打ち際におりたあと、岩場を上がって進む場所があったのだが、

(あれ?)

ホットパンツが喰い込むたわわな丸みを下側から狙ったとき、雅彦はそれを発見した。縦ジワを刻む股間の中心に、濡れジミのようなものがあったのだ。ほんの一瞬だったが、見間違いではない。

(オシッコを漏らしたのかな?)

けれど、それらしい様子もなければ、匂いもしない。汗だったら鼠蹊部のほうから染みていくはずだし、中心だけというのはおかしい。

(てことは、濡れてる?)

やはり昨日の味噌汁は、女性を昂ぶらせる働きもあるのではないか。そのせいでいやらしい蜜をこぼしているのかもしれない。

とは言え、ふたりっきりならまだしも、カメラが回っているときに、そんなことを訊けるはずがなかった。

真相が明らかにされないまま、洞窟に到着する。少し休憩しようかとディレクターが提案したものの、

「いえ、このまま行きましょう。緊張感がなくなるとよくないですから」

浩美の鶴の一声で、撮影続行が決まる。そして、本人の希望で、洞窟内は彼女を先頭に進むことになった。河童の回で、カメラの後から進む河口隊長などとネットで揶揄

揄(ゆ)されたのを気にしているのか。ともあれ、全員がヘルメットをかぶり、頭にライトを装着した。

まだ午前ということもあり、洞窟の外観は昨日ほど不気味ではない。それでも、進んで入ろうという気にはなれなかった。

（どうか無事に出てこられますように）

雅彦は密かに祈った。

入ってみると、中は天井が高く、ふたりが並んで歩けるぐらいの幅がある。地面は砂が溜まっており、すべることなく歩けそうだ。

そこで、先頭を行く浩美の隣を、照明付きのカメラを持った漆水が歩くことになった。行く手と隊長の横顔、それから後ろの奈緒子や雅彦も撮るのである。村藤はマイクを手に、録音の担当だ。

雅彦はスタッフのふたりが入らないよう、奈緒子と浩美の後ろ姿を撮影する。ときどき奈緒子の隣を歩き、彼女の横顔も記録した。

洞窟内は、ところどころ狭くなったものの、極端な変化はなかった。空気はひんやりしており、時おり風のような流れを感じる。どこかに外と通じている穴でもあるのだろうか。

三十分ほども歩いたところに、少し広くなっている場所があった。

「よし。ちょっと休憩しよう」

村藤が指示を出す。女性ふたりは地面に腰を下ろしたが、男性陣はまず機材のチェックだ。カメラやライトのバッテリーを交換し、撮影したデータを念のためハードディスクにコピーする。

と、何気に女性たちのほうを振り返った雅彦は、胸を高鳴らせた。

ちょうど正面に、奈緒子がこちらを向いて体育坐りをしていた。それも、脚を行儀悪く開いて。

そのため、股間の中心に浮かぶ染みがはっきりと見えたのだ。

それは洞窟に来る途中で目撃したものよりも、いくらか大きくなっている気がする。彼女の表情に変わったところはないけれど、秘部が濡れているのは明らかだ。

おかげで、浩美に叱られてようやく萎えたペニスが、またも膨張する。女房島に向かうフェリーの甲板で、奈緒子にクンニリングスをしたときの記憶も蘇り、こちらも先走りを洩らすほどに昂ぶった。

しかし、雅彦は重要なことを忘れていた。暗い洞窟内でそんなものが見えたのは、頭につけたライトで奈緒子の股間を照らしているからなのである。よって、疲れた様子で俯いていた彼女に、すぐ気づかれてしまう。

「え？」

顔を上げたグラビアアイドルに睨まれて、雅彦は慌てて顔の向きを変えた。まずかったと冷や汗をかいたものの、今度は自分の股間にライトが当たっていることに気がつく。それが欲望の証したるテントの陰影を、くっきりと際立たせた。

（あ——）

奈緒子のライトだった。お返しに恥ずかしいところを照らしたらしいが、まさか勃起していたとは思わなかったらしい。驚きをあらわに、目をまん丸に見開いている。

雅彦は居たたまれなさを募らせ、彼女に背中を向けた。

2

再び歩き出し、しばらく経ったところで、

「どうも変化がないな」

村藤が不満げにこぼす。その気持ちは他のメンバーも同じであった。

何か出るのではないかと、恐怖心と緊張感を胸に進んできたのである。ところが、洞窟内の景色はほとんど変わらないし、何も出てこない。これでは緊張の糸も切れてしまう。

（ひょっとして、洞窟を端まで確かめた人間がいないのは、単につまらないからじゃないのか？）

いくら不気味でも、同じ眺めが延々と続くだけだから嫌になり、途中で諦めたとか。

その可能性は充分すぎるほどある。

時間の経過からして、二、三キロは進んだはず。なのに、何も起こらない。このまま行き止まりになったら、番組にならないではないか。

「どうしましょう。まだ行きますか？」

浩美が足を止めて振り返る。あれだけ苛立ち、緊張をあらわにしていたのに、今はすっかり気が抜けたふうだ。

そのとき、

「え、あれは――」

奈緒子が天井を指差す。全員がそちらに顔を向け、ライトの光が集まったところで、何かが落下する影が見えた。

それは、浩美の足元にボトッと落ちる。

「え？」

今度はライトが地面に集まる。あたかもスポットライトのように。そして、そこに浮かび上がったものは――。

（へ、ヘビ――）

雅彦は心臓が停まるかと思った。

田舎育ちでヘビなど怖くなかったし、おまけにそれは体長三十センチほどの、小さなものだったのだ。ところが、気が緩んでいたところにいきなり現れたから、びっくりしたのである。

おまけにそれは、色こそ黒っぽかったものの、細い胴体の両側が頭だった。洞窟の守り神である、双頭のヘビなのか。

「――いやぁあああああああーッ！」

盛大な悲鳴が洞窟内に響き渡る。浩美だった。普段のクールな振る舞いが嘘のように、恐怖と狼狽(ろうばい)をあらわにしていた。

そのとき、雅彦は気がついた。それが偽物であることに。

（え、オモチャ？）

どうやらゴム製のヘビらしい。本物のヘビだったら、もっとウロコにてかりがあるはずだ。

しかし、完全に理性を失っている浩美に、そんなことがわかろうはずがない。そして、ライトの光で影が動いたのを、偽ヘビ自身が動いたと錯覚したらしい。

「いやぁ、こ、来ないでえええっ！」

金切り声を張りあげたかと思うと、洞窟の奥へ向かって走り出した。

「あ、待って——」

雅彦は咄嗟に追いかけた。彼女が転んだり、どこかにぶつかったりして、怪我でもしたら大変だと思ったのだ。

「イヤイヤ、き、来ちゃダメぇえええっ」

浩美は叫び声をあげるばかりで、少しも止まろうとする気配がない。あるいは、ついてくる雅彦の足音を、ヘビが追いかけてきていると勘違いしているのか。ヘビに足はないのに。

(ていうか、誰があんなものを持ってたんだ？)

ずっと洞窟の中にあったとは考えにくいから、クルーの中の誰かが持ち込み、あの場で放り投げたに違いない。もちろん、みんなを驚かすために。

そんなことをしたのは、自分と浩美以外の人物ということになる。

（あ、ひょっとして、ディレクターが？）

　女性陣のリアクションを欲しがっていたから、充分に考えられる。でなければ、漆水か奈緒子か。

（あ、洞窟が――）

　そのとき、目の前の景色に変化が現れる。洞窟がふた手に別れていたのだ。それでも、浩美の後ろ姿がチラッと見えたから、迷うことはなかった。

（ていうか、河口隊長って、こんなに足が速かったのか）

　恐怖の余り足がすくむのなら、聞いたことがあるのだが。この場合は、火事場の馬鹿力ならぬ脚力で、普段以上の速さを出しているのかもしれない。

　ともあれ、ふた手に別れてから数百メートルも走ったであろうか。

（あれ、出口か？）

　前方に光が見える。それは次第に大きくなり、間もなく草が覆い隠すように生えているところから外に出た。

　そこは、海岸から離れたところにあるらしき高台だった。一面、短めの草が絨毯（じゅうたん）みたいに生えており、住宅地の公園ぐらいの広さがある。暗くてわからなかったけれど、どうやら洞窟は緩やかな上り坂だったようだ。

見回しても、ここまで上ってくる道が他に見当たらない。普段はひとが訪れていないのではないか。

（もしかしたら、ここに来るには洞窟を通るしかないのかな？）

だから洞窟の出口（入り口？）も、発見されていなかったとか。

（あ、そんなことより隊長は？）

見ると、草っ原のはずれに高い木が聳えている。その下に浩美がいた。膝を抱えて坐り、どうやら泣いているらしい。脇にヘルメットとライトが転がっている。

（ああ、よかった）

雅彦はホッとして彼女に近づいた。

「隊長——河口さん」

ヘルメットを脱ぎながら声をかけても、浩美は顔を上げなかった。ただ肩を震わせ、身も世もなくという風情でしゃくり上げ続ける。

（……なんだか可愛いな）

ずっと年上で、童貞を奪ってくれたひとなのに、妙に保護欲がそそられる。守ってあげたくなり、雅彦はすぐ前にしゃがみ込んだ。

「怖がらなくてもだいじょうぶですから。あのヘビは偽物です。ただのオモチャなんですよ」

「え？」

浩美が顔を上げる。きょとんとした面持ちながら、目許や頬が涙でぐっしょりと濡れていた。

「たぶん、誰かが驚かそうとして、持ってきたんですよ」

「誰が？」

「さあ、それはわかりませんけど。少なくともおれじゃありません」

そう言うなり、アラサーの女子アナが顔をくしゃっと歪めた。

「そ、それじゃ、わたしはオモチャなんかでびっくりして、それで——」

悲鳴をあげて逃げ出し、泣いたことが恥ずかしいのだろう。しかし、彼女がやらかしたのは、それだけではなかったのだ。

（あ、この匂いは——）

そのとき、雅彦の鼻先をなまめかしい磯くささが掠めた。

海岸から離れているから、潮風ではない。もっとぬるい風味を感じさせるそれを、以前にも嗅いだことがある。河童探し探検で、山道で尿意をモヨオした奈緒子に付き添ったときだ。

「河口さん、ひょっとして、オシッコを漏らしたんですか？」

ついストレートに訊ねてしまうと、浩美はイヤイヤをするようにかぶりを振った。

「だ、だって、本当にびっくりしたし、怖かったから……」

ベソをかきながら弁解するのがいじらしい。それでいて、妙にゾクゾクするのはなぜだろう。

(それにしても、本当に漏らしちゃうなんて……)

守り神の白ヘビが現れたら、ヘビ嫌いの奈緒子はオモラシをするのではないかと想像したのだ。しかし、まさか浩美が粗相をするとは。

「さ、立ってください」

気がつけば、雅彦は強い口調で命じていた。

「え、ど、どうして？」

「ずっと濡れたものを穿いてるつもりなんですか？　ちゃんと綺麗にしなくちゃいけないでしょ」

子供を叱るような口調に、いつもの浩美なら反発したに違いない。けれど、恥ずかしいところを見られたせいで、すっかり観念したらしい。のろのろと立ちあがると、ぐっしょり濡れたズボンに手をかけた。

（うわ、すごく出たんだな）

股間から裾まで、脚の内側の部分だけ色が変わっている。冷蔵庫に起きっぱなしの麦茶にも似た、独特の香気が濃く立ちこめた。

「うう……」

屈辱の涙をこぼしながら、彼女がズボンから脚を抜く。その前に靴も脱いだから、下半身はソックスと下着のみになった。

女らしい艶腰に張りつくのは、濃いピンク色のパンティだ。それも股間部分が濡れ、色が濃くなっている。サイドがレースになったおしゃれなインナーが台無しだ。

「それも脱いでください」

パンティを指差すと、浩美はさすがにためらった。

「で、でも」

「会議室では、自分から脱いでアソコを見せてくれたじゃないですか。今さら恥ずかしくないでしょう」

この指摘に、彼女は何か言いたそうに口を半開きにした。しかし、どんな弁明も通用しないと悟ったか、渋々というふうに薄物のゴムに指をかける。

「あ、あんまり見ないで」

涙ぐんでお願いし、尿で湿った下着を脱ぎおろした。

　爪先から抜かれたパンティを、雅彦は奪うように取り上げた。確認したいことがあったのだ。

（ああ、やっぱり）

　クロッチの裏地、二重になった布にオシッコがたっぷりと染み込んでいるところに、白い粘液もべっとりと付着していた。

「イヤッ、そんなところ見ないで」

　浩美が焦って取り返そうとする。そこがひどく汚れている自覚があったのだ。

　雅彦は彼女の手を無慈悲に払いのけた。

「ここについてるのって、オシッコじゃないですよね。どうしてこんなに濡れてるんですか？」

　質問に、女子アナの美貌が悔しげに歪む。また涙がポロリとこぼれた。

「わ、わたしだってわからないわよ。今朝からアソコがムズムズして、気がついたらこんなになってたんだもの。濡れたところが張りついて気持ち悪いし、だからずっとイライラしてたのよ！」

　浩美が開き直ったふうに言い返す。そんなところも、妙に愛らしく感じられた。

（なんだ、イライラしてたのは怖いとか緊張感からじゃなくて、アソコが濡れて落ち着かなかったからなのか）

洞窟に来る途中の、レンタカーでの彼女を思い返し、雅彦はひとりうなずいた。もちろん、どうして濡れたのかはわかっている。

そして、いつの間にかペニスが怒張しているのに気づくなり、為すべきことを悟った。

「それって、河口さんのせいじゃないですよ」

「え？」

「実は、おれもなんです」

雅彦は立ちあがると、ズボンとブリーフをまとめて脱いだ。いきり立つ分身があらわになり、そこに視線を注いだ彼女が息を呑む。

「おれも、今朝からずっとこうなんです。一昨日の晩、五回も出したのに」

「え、そんなに？」

「なのにこうなったのは、翌朝民宿で飲んだ味噌汁のせいだと思うんです。乙葉さんが、飲むと精が出るとか言ってた」

「ああ……」

「あれに入ってた貝って、精力というか性欲を高める働きがあるんじゃないでしょうか。村藤さんや漆水さんも、ここが元気になったって言ってましたから。で、女性にも効き目があって、昂奮しやすくなるんだと思います」

「本当に？」

「たぶん。だって、奈緒子さんもアソコが濡れてましたから。ホットパンツの外にまで、愛液が染み出してるのを見たんです」

「そんなに……」

驚きをあらわにしつつ、浩美はホッとしたようであった。自分だけではないと知って安心したのだ。

「あのお味噌汁、シジミかしらって思ったんだけど、違ったのね」

「ええ。乙葉さんも、思わせぶりな感じでしたから」

などと言葉を交わすふたりは、戸外で下半身を——昂奮状態の性器をあらわにしているのである。そんな悠長なやりとりをしている場合ではない。

「じゃあ、後ろの木に手をついて、おれにおしりを向けてください」

雅彦の指示に、浩美は戸惑いを見せた。情けなかったはずの年下の男が、やけに堂々としているから逆らいづらいようだ。

「え、どうして？」

「おれが河口さんのアソコを綺麗にしてあげますから」

そう告げるなり、彼女の頬が赤らむ。ただ拭くわけではないと察したのらしい。

「で、でも……」

「さあ、早く」

強い口調で命じると、年上の女が怖ず怖ずと回れ右をする。大木の幹に両手をついて、ぷりっと丸いおしりを差し出した。

あれだけ苦手にしていた浩美に対して強く出られることを、雅彦は我ながら不思議に感じた。女性たちとの経験を重ねて自信がついた部分もあるのだろうが、それ以上に彼女への意識が変わったためだと思える。

(だって、河口さんはこんなに可愛いんだもの)

その気持ちが、男らしさを高めてくれる気がする。

「ああん、恥ずかしい」

声を震わせて嘆く彼女の真後ろに膝をつき、雅彦はたっぷりした尻肉を割り広げた。

恥ずかしいところを大っぴらに晒し、そこに顔を埋める。

(ああ……これが河口さんのオシッコの匂いなのか)

鼻奥を刺激する、美しい女子アナの恥ずかしいパフューム。性器が漂わせる、女らしいかぐわしさもちろん存在するが、今は赤ん坊のオシメを連想させるいたいけな臭気に、より昂奮させられる。

だからこそ、ほんのりしょっぱい肌を、ためらうことなくねぶったのである。

「くううううッ」

浩美がのけ反り、剝き身のヒップをくすぐったそうにわななかせる。内腿や尻の谷を濡らす尿を丁寧に舐め取ってから中心に戻れば、女芯は白っぽい蜜汁を多量にこぼしていた。

(ああ、こんなに濡らして)

オシッコを舐められて昂奮するとは、なんていやらしいひとなのだろう。

ぢゅぢゅぢゅぢゅッ——。

恥割れに溜まったものを、はしたない音を立ててすする。

「イヤイヤぁ」

彼女は涙声で抗った。そのくせ、淫靡なジュースをとめどなく溢れさせるのだ。

雅彦はアヌスのツボミにも舌先を這わせた。チロチロと舐めくすぐると、そこが物欲しげに収縮する。

「だ、ダメよ、そこは」

　などと言いながら、浩美がもっと舐めてほしそうにヒップを突き出す。秘肛も感じるポイントのようだ。

（報道番組で、真面目にニュースを読んでいた女子アナが、おしりの穴を舐められてよがってるなんて）

　舌先を抉り込ませるようにすると、切なげに呻いて括約筋を引き絞る。放射状のシワを丹念に辿ると、くすぐったそうに尻の谷をヒクヒクさせる。多彩な反応に、もっとはしたない声をあげさせたくなった。

　彼女は初めてクンニリングをし、初めて絶頂に導いた女性である。童貞も捧げたけれど、それ以来何もなく、他の女性と関係を結んできた。

　それゆえに、雅彦はようやく戻ってきたという感慨を抱き、口淫奉仕にのめり込んだ。とにかく感じさせたいという一心で。

　キュッと閉じていたシャッターが柔らかくほぐれるまで、アナル舐めを続ける。そのあとで恥芯に戻ると、多量に溢れた愛液でヌルヌルになっていた。

　そこは熱を帯びて、悩ましくもかぐわしいチーズ臭をこぼす。わずかに恥垢の風味もあった。

（なんていやらしい匂いなんだ）

それでいて、懐かしさもある。嗅ぐだけで、ペニスがビクンビクンとしゃくり上げた。やはり初めてのひとは特別なのだと思い知る。

完全に発情モードに入っている女芯を、雅彦はねちっこい舌づかいで責めた。

「はうう、い、いい……ああ、あなた、やっぱりじょうずよぉ」

前にされたときのことを、ちゃんと憶えていたのか。雅彦は嬉しくなった。

「気持ちいい……ねえ、もっと——もっとよくなりたい。早くイカせてぇ」

はしたなく悶えるのが気の毒に思える。お望みどおりにしてあげようと、敏感な尖りを吸いねぶれば、

「あ、ああっ、そこぉ」

嬌声がますます甲高くなった。

舌先でクリトリスをはじき、指をアヌスに這わせる。唾液に濡れたツボミをヌルヌルとこすると、浩美は悩乱の声をあげた。

「ああ、あっ、そこもいいのぉ」

ならばと、肛穴への侵入を試みれば、柔らかくなっていたそこは指を第二関節近くまで迎え入れた。

「きゃふぅっ」

悲鳴が上がり、括約筋が侵入物をキツく締めつける。それにもかまわず、指を小刻みに出し挿れさせ、秘核を舐め続けると、

「あ——はひッ、い、イクぅっ！」

アクメ声を響かせて、美人隊長が昇りつめた。

「はっ、はふ、くうう……」

息づかいを荒くして、膝をガクガクと揺らす。崩れ落ちそうになったのをどうにか堪え、浩美は木の幹に抱きついた。

それにより、秘肛にはまっていた指が抜ける。

直腸に入り込んでいたところは濡れているだけで、付着物も汚れもない。けれど、鼻先にかざすと、発酵しすぎたヨーグルトを思わせる臭気があった。

美しい女子アナの、おしりの中の匂い。おそらく本人も嗅いだことのない、貴重なものだ。それを暴いたと思うだけで、胸底がきゅんと締めつけられる。

（これを知っているのは、おれだけなんだ——）

3

「ずるいなあ。ふたりだけで愉しむなんて」

背後からいきなり声がして、雅彦は心臓が停まるかと思った。

「え!?」

振り返ると、片八重歯をこぼした愛らしい笑顔――奈緒子であった。

「い、いつからそこにいたんですか?」

焦って問いかけながら、直腸に入り込んでいた指をそっと拭う。肛門内の匂いに昂奮したことを知られたら、さすがに変態扱いされると思ったのだ。

しかし、残念ながらすべて見られていた。

「んー、北田さんが河口さんのおしりの穴を舐めたあたりから? あと、アソコを舐めながらおしりの穴に指を挿れて、その指のニオイを嗅いだところも」

知らぬ間に洞窟から出てきて、こちらが気づいていないのをいいことに、かなり接近していたようだ。

恥ずかしい行為をすべて見られていたとわかり、雅彦は頬が熱くなるのを覚えた。

けれど、奈緒子はそのことを咎めるでもなく、未だ木の幹にしがみついて息をはずませている浩美に寄り添う。

「だいじょうぶですか、河口さん?」

「え? あ——小日向さん、どうして?」

浩美は状況が呑み込めていないらしく、混乱した面持ちを浮かべている。

「ごめんなさい、驚かせちゃって。これ、あたしが持ってきたんです」

そう言って奈緒子が彼女に見せたのは、例のオモチャのヘビであった。

「あ——」

浩美は目を見開いたものの、偽物だと聞かされていたからか、悲鳴をあげることはなかった。

(そうか、あのとき……)

雅彦は理解した。奈緒子が天井を指差し、みんなが上を向いた隙に、ヘビのオモチャが放り投げられたのだと。明かりはすべて上を向いていたから、下でそんな動きをしてもわからなかったのだ。

「昨日、ホームセンターで買い物をしてたとき、オモチャコーナーを覗いたら、こういうゴムのヘビだとかクモだとか、安いやつをたくさん売ってたんですよね。それで、洞窟に入って何も出なかったら面白くないし、使えるかもしれないと思ってたくさん買ったんです。これはヘビをふたつ、接着剤でくっつけたんですけど。頭がふたつあるのが本当にいたら面白いと思って。で、さっきは何もなくて退屈だったから、いい刺激になるかと思って投げたんですけど、まさかオシッコを漏らしちゃうぐらい驚くとは予想もしませんでした」

言われて、浩美が顔を真っ赤にする。いい年をしてオモラシしたことを恥じたのだ。

「ただ、おかげで河口さんがどっちに行ったのかわかりました。ほら、洞窟が二股になってたじゃないですか。でも、地面に濡れたあとがあったから、こっちだってわかったんです」

たくさん漏らした尿が、地面にも滴っていたらしい。雅彦はそこまで気がつかなかった。

「あ、そう言えば、ディレクターたちは？」

雅彦が訊ねると、奈緒子は「まだ洞窟の中よ」と答えた。

「あたし、自分がイタズラしたことをおふたりに謝って、河口さんを探しに来たんです。あの場所で、あたしたちが戻るのを待ってるはずですよ」

だったら、早く引き返したほうがいいのではないか。ところが、奈緒子は思いも寄らない行動に出た。

「だけど、河口さんって、こんなに可愛い方だったんですね。あたし、ますます好きになりました」

年上の女を抱きすくめ、唇を重ねる。グラビア映えする奈緒子のほうが体格が良く、いくらもがいても浩美は逃れられなかった。

そのうち、おとなしく同性のくちづけを受け入れるようになる。

「ん……ンふ」

「んうぅ」

切なげな息づかいや呻き声が聞こえて、雅彦は啞然となった。どうしてこういうことになったのか、さっぱりわからない。

（……ひょっとして、奈緒子さんはレズだったのか？）

しかし、彼女にはフェラチオやパイズリをされている。こちらもフェリーの甲板でクンニリングスをして、絶頂に導いたのだ。

本物の同性愛者だったら、あんなことはできないはず。ということは、バイセクシャルなのだろうか。

軽いパニックに陥った雅彦であったが、程なくふたりの唇が離れる。

「素敵……河口さんのキス、とっても美味しいです」

「やん」

浩美が恥じらい、耳まで赤くなる。年上なのに、いいように弄ばれている感じだ。

「一昨日の晩、河口さんも島の人妻さんたちに、いやらしいことをいっぱいされたんですよね？」

「……ええ」

「何回ぐらいイキましたか？」

「やだ……そんなの数えてないわ」

「あたしもです。たぶん、十回以上はイッたと思いますけど」

そんなやりとりを耳にして、雅彦はなんとなくわかった気がした。おそらく、乳島の夜が女同士の快感に目覚めさせたのだと。そのことを思い出して、奈緒子は浩美にキスしたくなったのではないか。

とは言え、さすがにこういう展開を見越して、ヘビのオモチャを投げたわけではあるまい。ただ、浩美を驚かそうとしたのは間違いないし、年上の同性を苛めたいという気持ちがあったのではないか。

「あたし、グラビア仲間の子と、ママゴトみたいなレズは経験あるんですけど、ああいう本格的なのって初めてだったんです。アソコだけじゃなくって、おしりの穴にまで指を挿れられたのも。それで、前と後ろを同時にピストンされて、連続でイッちゃったんですよ。もう、死んじゃうかと思いました」

あられもない告白に、雅彦は（あっ）と思った。

（じゃあ、おれが河口さんのおしりの穴にキスしたり、指を挿れたりしてるのを見て、一昨日のことを思い出したのか？）

アヌスを責められてよがる同性を目の当たりにして、狂おしいまでの快感が蘇ったとか。それが女同士のふれあいへ駆り立てたのか。

「きゃふぅ」

浩美が色めいた声を洩らす。見ると、奈緒子の手が秘部にのばされていた。

「河口さん――ううん、浩美お姉様のここ、ヌルヌルですよ」

「やん、ダメぇ」

「感じてるんですね。いっぱい気持ちよくなってください」

「ああ、あ、そこぉ」

やはり同性だから感じるポイントや、愛撫の加減がわかるのか。それほど激しく指を動かしている様子はないのに、浩美は奈緒子にしがみつき、喜悦の声をあげ続けた。

「いやっ、あ——あああ、か、感じすぎるぅ」

「うふ。浩美お姉様、可愛い」

「ううう、へ、ヘンになっちゃ——むうぅ」

再び唇が奪われ、浩美がもがく。だがそれは、くちづけによって愛撫の快感が高まったためではないのか。

「むっ、む——むふぅううぅッ！」

半裸の熟れボディが、感電したみたいにわななく。くちづけが解かれると、浩美は奈緒子にしがみついて呼吸をはずませた。指の愛撫で昇りつめたようだ。

「イッたんですね、浩美お姉様」

「うう……いやぁ」

「とっても可愛いですよ。ね、あたしのアソコもいじってください」

今度は年上の指がホットパンツの中に入り、グラビアアイドルの秘苑をまさぐる。

「なによ。奈緒子のオマンコもビショビショじゃない」

それはレズ行為のみで濡れたものではない。奈緒子もあの貝の効果で、ホットパンツの外に染み出すまで愛液を溢れさせていたのだ。

「ああん。ごめんなさい、お姉様」

「いけない子ね」

攻守交代。浩美はようやく威厳を取り戻したかのように振る舞い、年下の娘をよがらせた。

「あ、あ、そこ——ああん、すごく感じちゃう」

「クリちゃんが気持ちいいのね。だけど、エッチお汁でヌルヌルだから、うまくいじれないわ」

「うう、ご、ごめんなさい……え？　あ、きゃふううううっ！」

「まあ、すごい。指が二本も入っちゃった」

半脱ぎのホットパンツの下は、おとなしいデザインの白いパンティだ。その中に入り込んだ手が大きく動き、ピチャピチャと卑猥な音が聞こえてくる。奈緒子が指ピストンで責められているのだ。

「気持ちいい、奈緒子？」

「ああん、とってもいいです、お姉様ぁ」

「だけど、もっと太いのがいいんじゃない？」

「そ、そんなこと……」

「ほら、正直に言いなさい」

言葉と指で責めながら、浩美はもう一方の手で奈緒子のホットパンツとパンティを脱がせた。丸まるとしたおしりがあらわになると、後ろからも指を這わせる。

「はひッ」

息を吸い込むような声をあげ、奈緒子がからだをピンとのばす。何をされたのかなんて、考えるまでもない。

「あら、だらしないおしりの穴ねえ。指が簡単に入っちゃったわ」

「い——いや、あああっ」

「ねえ、オマンコとおしりの穴と、どっちが感じるの？」

「うう、そ、そんなの決められません」

「どっちもいいってこと？　いやらしい子ねえ」

「あ、あっ、そんなに動かさないでぇ」

前門も後門も責められて、奈緒子がよがり泣く。半開きの唇から、今にもよだれが垂れそうだ。

淫靡なレズシーンを目の前にして、雅彦は圧倒されるばかりだった。もちろん昂奮していたものの、あらわにしたままの分身を、虚しく脈打たせることしかできない。

（くそ、いいなあ）

自分も仲間に入りたい、一緒に快楽を貪りたいという願望が募る。多量に溢れたカウパー腺液が雫となって垂れ、振り子みたいにぷらぷらと揺れた。

と、物欲しげな視線に気がついたのか、浩美がこちらを見る。いいことを思いついたというふうに、悪戯っぽい笑みを浮かべた。

「じゃあ、オマンコにもっと太いのをあげるわ」

そう言って、奈緒子を地面に四つん這いにさせる。それも、肛門に指を挿れたまま。

「いやあ、は、恥ずかしい」

無毛の秘苑をあらわにしたグラビアアイドルが、羞恥に身をよじる。だが、昂ぶりを隠しきれないようで、ほころんだ恥割れから半透明の雫を滴らせていた。

「さあ、オマンコにオチンチンを挿れてあげなさい」

命じられ、雅彦はほとんど反射的に膝をついた。剝き身のヒップの真後ろに進み、肉棒の切っ先を濡れ割れにあてがう。

(そう言えば、奈緒子さんとセックスするのって、初めてなんだよな)

互いの性器に口をつけた仲だが、肉体は繋げていなかったのである。

「い、挿れます」

逸る気持ちを抑えつつ、腰を前に送る。はち切れそうな若茎が、狭い女窟をずむずむと侵略した。

「あ――はふぅううう」

奈緒子が背中を反らし、歓喜に喘ぐ。下腹と臀部が重なると、膣内のヒダが筒肉にぴっちりとまつわりついた。

（入った……ついに奈緒子さんとセックスしたんだ）

感動が胸に満ちる。そして、ふたりで快感を分かち合いたくなった。

両手でたわわなヒップを固定し、ペニスをくびれまで引き抜く。早くも白っぽい濁りをまといつかせたそれを、勢いよく膣奥に戻した。

「きゃんッ」

奈緒子が甲高い声で啼く。貫かれた女芯が、キュウッとすぼまった。

（うう、気持ちいい）

心地よい摩擦感にうっとりしながら、腰を前後に振る。肉根を出し挿れされる蜜穴が、グチュグチュと卑猥な音を立てた。

「ああ、あ、感じるぅ」

彼女をよがらせるのは、ペニスばかりではなかった。ピストン運動に合わせて、浩美も指を出し挿れさせていたのである。

「いやぁ、お、おしりも感じるのぉ」

アヌスを舐められたときもよがっていたが、中を刺激されるほうがより快感が大きいようだ。あるいは、アナルセックスの経験もあるのだろうか。

「これ、すごいわ。オチンチンが中で動いてるのがわかる」

浩美がため息交じりにつぶやく。腸壁と膣壁で隔てられていても、牡器官のゴツゴツした感じが伝わるらしい。

雅彦のほうも、指の存在がわかった。膣の締めつけとは別の刺激が加わることで、背徳感の著しい悦びが増大する。

すると、浩美が感心した面持ちで見つめてきた。

「あなた、なかなかやるじゃない」

「え？」

「ただの頼りない童貞だと思ってたけど、ずいぶん男らしくなったみたい。これからは扱い方を変えるべきかしらね」

上から目線で言ったあと、彼女は恥じらいの笑みをこぼした。

「さっきのクンニも気持ちよかったわ。おしりの穴もいっしょに責めてくるとは思わなかったけど」

「あ、す、すみません」

「ううん、いいのよ。ただ、おしりに入ってた指の匂いを嗅ぐのは、かなりヘンタイっぽいと思うけどね」

イッたあと、茫然自失状態に見えたのだが、奈緒子が言ったことをちゃんと聞いていたらしい。軽く睨まれて、雅彦は頬が火照るのを覚えた。

そのとき、浩美がアヌスの指を引き抜く。

「あうう—」

奈緒子が呻き、焦ったふうに尻の穴をすぼめた。

「わたし、女の子のおしりの穴に指を挿れたのなんて、初めてだわ。まあ、男のひとにもないけど」

どこか悩ましげに告白した浩美が、納得したふうにうなずく。

「それってつまり、奈緒子ちゃんが好きだからなのね。あ、ヘンな意味じゃなくて、仲間としてってこと」

そう言って、隊長がニッコリと笑う。

「もちろん、北田君も大切な仲間よ」

雅彦は、胸が熱くなるのを覚えた。無理やり引きずり込まれた探検隊のメンバーとして、ようやく認められたのだと思った。

「ほら、奈緒子ちゃんをイカせてあげなさい」

「あ、はい」

ピストン運動を再開させると、奈緒子が喜悦の声をあげる。

「あ、あ、あ、深いのぉ」

牡を咥え込んだ蜜穴をキツくすぼめ、雅彦にも悦びを与えてくれた。

(ああ、最高だ)

興に乗って、リズミカルに腰を振る。下腹と豊臀が勢いよくぶつかり、パンパンと小気味よい音を響かせた。

「奈緒子ちゃんのオマンコ、気持ちいい？」

「はい、最高です。あ、もちろん河口さんのも」

「本当に？　だったら、次はわたしのオマンコも感じさせてね」

愛らしいおねだりをする年上の女に、雅彦は「はい」と明るく返事をした。そして、重要なことを思い出す。

(そう言えば、探検はまだ終わっていなかったんだな)

ふた手に別れていた洞窟の、一方はこの場所へ導いてくれた。だが、もう一方がどこに通じているのか、はたまた行き止まりなのか、まだわかっていない。

（そうさ。おれたちは、すべての洞窟を探検するんだ）

奈緒子のあとで浩美とセックスするように、洞窟がある限り突き進む。それが探検隊の使命なのだ。

河口浩美探検隊は、どこにでもイク——。


（了）

＊本作品はフィクションです。作品内に登場する人名、地名、団体名等は実在のものとは関係ありません。

長編小説

ゆうわく探検隊（たんけんたい）

橘 真児（たちばな しんじ）

2015年8月3日　初版第一刷発行

ブックデザイン……………………… 橋元浩明(sowhat.Inc.)

発行人………………………………………… 後藤明信
発行所……………………………………… 株式会社竹書房
〒102-0072　東京都千代田区飯田橋2－7－3
電話　03-3264-1576（代表）
03-3234-6383（編集）
http://www.takeshobo.co.jp
振替：00170-2-179210
印刷・製本……………………………… 凸版印刷株式会社

ISBN978-4-8019-0386-9　C0193